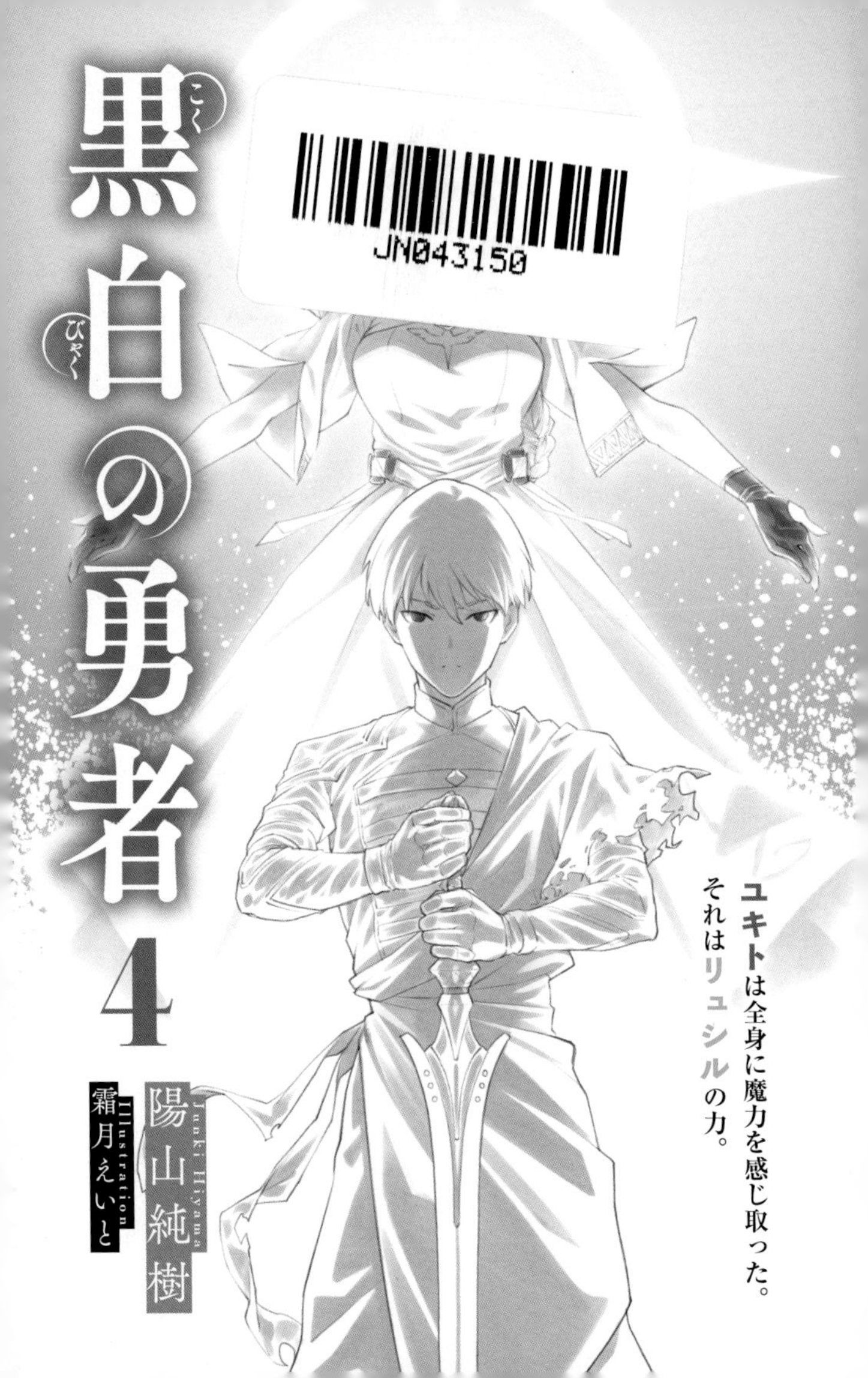
黒《こく》白《びゃく》の勇者
4
陽山純樹
Junki Hiyama
Illustration
霜月えいと
ユキトは全身に魔力を感じ取った。
それはリュシルの力。

「…それじゃあ——
始めようか」
カイは聖剣の力を解放した。

「――さて、話をしましょう」
天幕の中で開口一番、
リュシルはそう告げる。

「消えなさい、魔神――」
セシルの刃が、
魔神の首を刎《は》ねた。

メイが大きく息を吸い込む。
始まる——と思った矢先、
彼女の魔力を乗せた声が、響き渡った。

「つあ――！」

声と共に鮮血が舞った。
カイは苦悶《くもん》の表情を示し、
なおも**ユキト**は足を前に出す。
今しかないと、ユキトは狙いを聖剣に定めた。

INTRODUCTION

戦いの行方

レベルアップを図るため、ユキト達は鍛練を開始する。

一方、カイは、グレンの話を聞いてから
何か言い知れぬ違和感を抱くようになっていた。

ユキトは仲間や騎士セシルと共に剣を振り、着実に成長していく。

しかし、どれだけ探しても見つからないグレンの居場所。

時間が経過し、その間にユキトは祖父の仲間であった竜族の男性と顔を合わせ、
彼から強くなるための技法を得ることになるのだった。

また、それから季節は流れ、冬から春へ変わる頃——

鍛練の成果を披露する舞台として、王城の中庭で決闘試合が行われることとなった。

ユキトや仲間、さらにセシルを始めとした騎士達もまたその武勇を示す。

決闘の最中、ユキトは思いもよらぬ事実を知ることになるが——

仲間や騎士達の間に邪竜との戦いに勝利するという機運が高まっていく。

そしてカイは試合が行われた日、誰にも見咎《みとが》められないよう一人城の外へと出た。

そしてとある存在と顔を合わせ——　戦いは、誰も予想し得なかった方向へと進んでいく。

黒《こく》白《びゃく》の勇者 4

黒白《こくびゃく》の勇者　4

陽山純樹

ヒーロー文庫

黒《こく》白《びゃく》の勇者

CONTENTS

Illustration
霜月えいと

4

イラスト／霜月えいと
装丁・本文デザイン／5GAS DESIGN STUDIO
校正／佐久間恵（東京出版サービスセンター）
DTP／鈴木庸子（主婦の友社）

この物語は、小説投稿サイト「小説家になろう」で
発表された同名作品に、書籍化にあたって
大幅に加筆修正を加えたフィクションです。
実在の人物・団体等とは関係ありません。

第十六章　決闘

世界に侵攻する邪竜《じゃりゅう》――その脅威に立ち向かうべく召喚された者達。彼らは霊具《れいぐ》と呼ばれる武具を手に、犠牲を払いながらも少しずつ勝利のために歩を進めていく。

そうした戦いの中で、召喚された来訪者の一人――ユキトは拠点とするフィスデイル王国を離れ、宿敵を倒すために大陸南西部に位置するベルファ王国で死闘を繰り広げた。

結果として犠牲を伴いながらも勝利し、仲間の棺《ひつぎ》と共にフィスデイル王国の王城へと戻ってきた。出迎えてくれたのは城にいた仲間と、騎士達。既に報告は聞いていたか、その表情は誰もが鎮魂の空気をまとわせていた。

そこからおよそ一日、王城内は静けさで満たされ――翌日、ユキトはある人物に呼ばれて部屋を訪れた。

「どうぞ」

ノックをすると返事が聞こえ、ユキトは扉を開ける。中には、椅子に座り机の上にまとめられた資料を眺めるカイの姿があった。

騎士服を身にまとったカイは、いつ見ても聖剣――邪竜に対抗できる最強の霊具を手にする者としての風格が備わっていた。扉が閉まっても彼は資料に目を落としていて、ユキトは話し掛けられるのを待つことした。

三十秒ほど経過した時、ようやくカイは顔を上げ、口を開いた。

「すまない、キリが良いところまで読みたかったんだ」

「その資料は？」

「グレン大臣の裏切りによって生じた問題点をリストアップしていた……うん、とりあえず一区切りだな」

カイは資料を机の脇に置くと、ユキトに座るよう促しながら、

「改めて、お帰りユキト」

「ただいま……ごめん、今回の戦いで――」

「犠牲となった仲間達については、昨日のうちに別れは済ませただろう？　ならば前に進もう。僕らがやるべきなのは、彼らの犠牲を無駄にしないよう戦うことだけだ」

「……そうだな」

ユキトは頷《うなず》くと、カイと向かい合う形で椅子に座った。

「それで、呼ばれたのはどうして？」

「ユキトの個人的な部分に関わる話だからね。さすがに騎士達を交えた作戦会議では話せないだろ？」

「それについて概要は聞いたな……グレン大臣が語ったことだな？」

問い掛けにカイは首肯する――ベルファ王国でユキト達が戦っている間に、カイは邪竜に情報を流す裏切り者を見つけた。その者とはユキト達を召喚した張本人であるグレン大臣であった。

ユキトは改めてその事実を噛《か》みしめると、戸惑うように声を上げる。

「俺達を召喚したのも邪竜の計略……というのは到底信じられないけど」

「僕は邪竜が聖剣を扱える人間と、聖剣そのものを取り込もうとしているのでは、と推測した」

カイの言葉にユキトの顔は険しくなる。

「聖剣は天神《てんじん》が作り上げた武器。それに対し邪竜は魔神《まじん》の力を受けた存在……」

「二つが交わることで、強大な存在となる」

「もしそれに至ったら、俺達が勝つのは……いや、そうなったらカイ自身が無事ではないわけで、絶対に防がないと」

「そうだね。現在城内では改めて他に裏切り者がいないか調べているけど、その心配はなさそうだ。それと元々内通者がいるとわかった時点で、召喚された僕らだけで過ごせる領域を作っているし、城内なら安全なのは間違いないと思う」

「そっか……で、これからやるべきなのは――」

「グレン大臣の捜索だ。あの人についてはこの城にあるものを使って魔力は解析できる。それを利用し、居所を突き止める。イズミにも依頼してあるし、それほど経《た》たずして霊具の作成はできるはずだ」

「居所が判明次第追討……でいいのか？」

「正直、そこは微妙なんだ。そもそも、霊具によって見つけられるかも怪しいと僕は思っている」

カイは難しい顔を示しつつ、腕組みをする。

「イズミが捜索霊具を作成できるのは公《おおやけ》にしていないから、グレン大臣は知らないはずだけれど、ザインの居所を突き止めて攻撃を仕掛けた事実は邪竜側に伝わっているに違いない」

「そうか、敵としては追跡できる何かがあると考えるわけだ」

「ザインにユキト達の動向が知られないまま、ベルファ王国での戦いにおいて奇襲は成功した。その事実から、敵はイズミが作成した霊具は知らなかったと考えていい。でも、推測はできる以上、グレン大臣が持つ魔力を捜索できないよう処置はすると思う」

そこまで語ったカイは、一度言葉を切った後、

「……とはいえ、手がかりとなるのは間違いなくイズミの霊具だ。効果があるのかわからないけれど、作成は進めるよ」

「そうだな」

返事をしつつ、ユキトは次の戦いが始まっているのだと認識する。

「その間に、俺達は……」

「グレン大臣が邪竜側でどういった立ち位置なのか不明だけれど、僕らに関する情報を多く保有しているし、次の戦いが激しいものになる可能性は高い」

「場合によっては信奉者達《しんぽうしゃたち》との一大決戦……か？」

「それも考慮に入れるべきだと思う」

もしかすると、世界の趨勢《すうせい》を決める戦いに発展するかも——そう認識した直後、ユキトは体を震わせた。

「いよいよ、ってことか。思った以上の速度で事態が進行しているな」

「僕らの力が邪竜の想定を上回っていた、ということなのかもしれない。犠牲は出たけれど、ここまでは敵の侵攻を確実に追い返せているからね。ただグレン大臣の言葉からすると、邪竜はこうなっても大丈夫なように準備を済ませているようにも感じられた」

「邪竜の目標は、迷宮の外へ出ることだよな？」

「信奉者ザインが動いていたのを踏まえると、その可能性が高いけれど……他に目標があるのか、それとも外へ出る手段が別にあるのか……」

「手段……迷宮の入口を開けるのではなく、他に方法があると考えているのか？」

「可能性の話だ。現状ではどうとも言えないけれど」

ユキトはカイの言葉を頭の中で反芻《はんすう》する。色んな可能性があるのだと、警戒を強めなければと感じた。

「そして大臣は、もう一つ重要な情報を語った」

「俺のことについて、だな」

グレン大臣は召喚する際、この世界を訪れた人間の情報を利用したと。その人物はどうやら、ユキトの親族であると。

「ユキト、心当たりはあるかい？」

「……おそらくそれは、祖父だと思う。俺はこの世界にやってきてずいぶんと簡単に馴染《なじ》んだ。意識を集中させるやり方や、剣道を通して得た祖父の教えを活用して、他の皆よりも早い段階で戦力になれた……たぶんだけど、祖父はこの世界で手にした技法を落とし込んで、俺に剣道を教えていたんだ」

「ユキトがこの世界を訪れるかもしれないと考慮して？」

「それについてはわからない。単純に、この世界に来た経験を活《い》かしたかっただけかもしれないけど……ともかく、俺自身がすぐ戦えたのは、間違いなく祖父のことが関わっている。可能であれば、足跡《そくせき》を知りたいところだけど……」

「そう言うと思って、リュシルさんに頼んだよ」

フィスデイル王国の重臣《じゅうしん》――竜族でもある彼女の名前が出て、ユキトは聞き返す。

「……頼んだ？」

「召喚された者が元の世界に帰還するためには、迷宮にある『魔紅玉《まこうぎょく》』を使う以外ない。よって迷宮踏破した人物の中で行方知れずとなった者がいないか調べ……該当する者が一人だけいたため、その者と関わりのあった人を探した」

「探したって……何十年も前の話だろ？　亡くなっている可能性もありそうだけど？」

「仲間の中に竜族の男性がいて、存命が確認できている」

なるほどとユキトは胸中で呟《つぶや》き、

「その男性から情報を得ることができる……と」

「そうだね」

「なら俺は自分で動くのではなく、待った方がいいな」

「うん、気になって調べると言い出すだろうから、ユキトが彼と面会をする場を設けてもらえるよう事前にリュシルさんに頼んでおいて良かった」

「そうやって言うってことは、何かやりたいことがあるのか？」

「大層なものじゃないよ。次は間違いなく最大規模の決戦になる。グレン大臣が何をしでかすかわからないけれど、彼は可能な限り僕らが所持する霊具に関する情報や、僕らのことについて調べているはずだ。となれば、これまでのように戦うだけでは犠牲は甚大《じんだい》になる」

ユキトはカイの指摘に深々と頷《うなず》いた――政治中枢にいた彼は、来訪者であるユキト達に関する情報を相当な数保有しているのは間違いない。

「だからこそ、次の戦いに備え、今以上に強くならないといけない」

「それはわかるけど、具体的にどうするんだ？」

「グレン大臣の居所が見つかるまで……そしてユキトの祖父の仲間と会うまで、当面僕らは城内で鍛練を行う。これまでの戦いで……シャディ王国とベルファ王国で手に入れたデータなどを基にすれば、仲間の多くが霊具の成長を果たせると思う」

「霊具の成長……それこそ、邪竜の目論見《もくろみ》を打破する一番の手段か」

ユキトの言葉にカイは深々と頷いた。

「信奉者を含め邪竜側だって強くなる。だからこそ、僕らも既存のままではなく進化していく必要がある」

「そうだな……進化により、相手が保有する情報を超えられるかな？」

「僕らが宝物庫に保管していた霊具を使用している以上、それらの情報は敵に渡っていると見るべきだ。ただ、ここまでの戦いで霊具の能力を利用されて……みたいなケースはなかったことを考えても、敵に渡っているのはあくまで霊具の基礎的な情報だけ。今以上にみんなが霊具の特性を引き出せば、敵の情報を上回ることはできるはず」

「この期間でどのくらい強くなれるか……だな。理想的なのは全員が霊具の成長を果たすことだけど」

「そこは難しいと僕は思うけれど、やれるだけやってみよう」

カイの言葉にユキトは頷きつつ、一つ質問をする。

「霊具の成長……どれだけできると思う？」

「相手がいつまで潜伏するか次第、だね。さすがに全員が霊具の成長を果たすまで待ってくれるとは思えないし、そこまで悠長に構えることはしないけれど……こちらは各国と連携できるようになっているし、見つかれば総攻撃を仕掛ける手はず……当面小康状態が続くけど、敵の居所が見つかればどんな状況でも動くよ」

「そうか……少しの間はゆっくりできそうだな」

ユキトはこれまでの戦いを振り返る。シャディ王国で信奉者を倒し、ベルファ王国では複数の敵を打ち破った。なおかつ宿敵であるザインを――信奉者の人数がどれほどいるのか不明だが、かなりの戦力を削ったのは間違いない。

「僕らが戦う以外にも、戦果は出ている」

と、カイはユキトへさらに語る。

「裏切り者が誰かをあぶり出している間に、他の国々は盛り返した。中には信奉者を打ち破った戦いもあった」

「となると、敵は相当な痛手を被《こうむ》っているな」

「それは間違いない。よって、敵は態勢を立て直すためにそれなりに時間を掛けるはずだ」

どれほどの余裕が生まれたか不明だが、この時間をどこまで活《い》かすかによって、今後の戦況は変わってくるに違いない、とユキトは思いつつカイの言葉を聞く。

「ベルファ王国での戦いで、僕らはさらに強くなる手段を得た。この世界の人達もまた同じだ。この戦果を、有効に利用しよう」

「……強くなればそれだけ犠牲も少なくなるし、な」

ユキトの指摘にカイは重々しく頷《うなず》いた。

「そうだね……これ以上、仲間が死なないように」

「なら早速——」

「ああ、それで一つ提案があるのだけれど」

カイが告げる。ユキトは眉をひそめ言葉を待つと、

「ベルファ王国で霊具を成長させた仲間に加え、フィスデイル王国に残った仲間も相応に強くなっている。加えてこれから鍛錬を開始する……大きな戦いの前に一度、改めて能力の検証をしたいんだ」

「検証……か」

「グレン大臣という裏切り者がいなくなったし、情報が漏《も》れる心配もなくなったからね」

「別に構わないけど、具体的にどうやるんだ？」

「決闘形式にしようかと思って。ちょっとしたイベントっぽくやれば、大臣が裏切ったことで雰囲気が暗くなった城内も明るくなるんじゃないかと」

　仲間の戦力分析と、城内を活性化させるイベントを同時にやる――ユキトはカイの提案についてなるほどと納得し、

「ああ、良いと思う……いつやる？」

「成果を披露する舞台にしたいから、鍛練を一通りやった後だね。今日明日の話じゃない。時期については改めて国側と相談するよ」

「わかった。とりあえずやる方針でいいんだな？　仲間には伝えておくよ」

「頼んだ」

　カイの言葉にユキトは頷き、部屋を後にしようとする。扉を開けて廊下に出た際、一度カイの姿を窺《うかが》うと、

「……どうした？」

　ユキトは思わず問い掛けた。彼は窓の外へ視線を移していたのだが――どこか、物憂《ものう》げな様子に感じたのだ。

「ん？　ああ、大丈夫……仕事が立て込んでて疲れただけだよ」

「もし必要があったら――」

「ユキトは大いに助けになっている。心配いらない。何かあれば相談する」

その言葉でユキトは「わかった」と引き下がり、部屋の扉を閉める。

「……今後を考えると、心配になることも多いからな」

ユキトはカイの様子をこれから厳しい戦いが待っているため、と推測した。どれだけの犠牲が出るのか——それを少しでも抑えるべく、ユキトはこれからの鍛練が重要だと断じる。

「まずはセシルへ伝えないと……」

靴音を響かせ、ユキトは廊下を歩み始めた。

＊＊＊

ユキトが部屋から去った後、カイは窓の外を眺めながら考え込む。

（……何か、おかしい）

グレン大臣の裏切りが判明し、そこから慌ただしく動き回っていた。その最中、時折違和感を抱くようになっていた。

ただそれは邪竜や仲間達に対してではない——言うなれば、自分自身に関すること。

（何かを、忘れている……）

召喚直後から、聖剣所持者として戦い続けた。シャディ王国の一件で心の醜《みにく》い部分を表に出され、それでもユキトはフォローしてくれたし、素直に嬉《うれ》しかった。

それ以降、カイはフィスデイル王国で裏切り者を探すためリュシルと手を組み活動し、実際に見つけることができた。けれどグレン大臣から話を聞いた後、次第にある感情が芽生えてきた。

（召喚される前、僕は完璧に……信頼を失わないように、頑張ってきた。だがそれ以外に、何かあったような……）

仲間達はこの世界へ来てカイの言動がおかしいなどと言及することはなかった。それはつまり、カイが現在抱えている疑問について、クラスメイトも知らない。

（喪失感……もし言葉に表すのだったらそれだ。僕は何かを忘れている。なおかつ、僕は誰にもその事実を話したことがないようだ……心の内に抱えていたもの、それは果たして何だった？）

そもそもなぜ、そんな風に思うのか——手探りで思い出そうと頭の中で考えるが、答えは出ない。けれど、喪失感があるのは紛《まぎ》れもない事実だった。

（召喚された際に、何かあったのか……？）

カイはなおも思考を巡らせ、元の世界——自分のやってきたことを思い返す。何事も完璧にやらなければならない。信頼を失わないために。

だがそこにもう一つなかったか。それは、自分の根幹を成す何かではなかったのか。

（召喚された際に、忘れた？　これは偶然なのか？　それとも誰かが故意にやったのか？）

頭の中で考えた直後、ほんの一瞬──記憶が蘇《よみがえ》ってきた。

クラスメイト達と談笑する光景。カイにとっては慣れ親しんだ光景でありながら、内に抱える感情。それは自覚するほどに歪《ゆが》んでいた──

「っ……!?」

カイが呻《うめ》くと同時、今度は別の景色が飛び込んできた。目前に、何か黒い存在が──人間ではないそれが、カイへ向けて語り掛けてくる。

『全てを手にしたいと願うか……まさしく、呼び寄せるに足る、理想の存在だ──』

はっとなった。カイは一度周囲を見回し、自室にいるのを確認する。

「……僕は」

まだ、頭の中にもやがかかったようで、ほとんど思い出せない。だが、カイは確信した。自分は何かを──この世界に来たことで忘れている。なおかつ、それは誰かの意図で行われたものだ。

その相手は、グレン大臣の言動から考えると──

（……もしこの仮定が真実だとするなら、グレン大臣が召喚した時点であらゆる計略が始まっている……僕は……）

様々な疑念が膨らむ中、カイは一度思考をリセットした。不安もある。自分の身に何が

起こっているのか。

けれどそれ以上に、仲間のことが気になった。邪竜との戦いに備え、自分にできることを――その気持ちが、カイを奮い立たせた。

「この考えは正しい。僕の本心……そのはずだ」

呟《つぶや》くが、心のどこかで引っかかりを覚えた。まるで全て――前提から間違っているような、そんな違和感。

けれどカイはそれを押し殺すように立ち上がった。とにかく、自分にできることを――繰り返し心の内で呟くと、全てを忘れるようにカイは部屋を出たのだった。

＊　＊　＊

フィスデイル王国に戻ってから、ユキトは仲間と共に鍛練を開始した。そこにはベルファ王国での戦いで霊具の成長を果たしたセシルも加わっている。

「はっ！」

その日、ユキトは訓練場においてベルファ王国で共に戦った仲間の一人、オウキと打ち合っていた。彼もまた霊具の成長を果たした仲間であり、その実力は来訪者屈指のものとなっている。

ガガガガ——と、オウキの放つ連撃によって生まれた金属音が断続的に響き、ユキトは防戦を強《し》いられる。二刀流の彼が攻勢に出ればユキトでさえ押し留《とど》める。武器の違いというのもあるが、それでもここまで功績を上げてきたユキトを圧倒しているという状況に、周囲で観戦する他の仲間は目を丸くした。

「どうした！　ユキト……！」

オウキが叫ぶ。ユキトはどうにか対抗しながら、視線を合わせた。

（視線とかで動きを読み取れないか……？）

必死に打開策を考える。それと共に、ユキトは仲間達が成長していることに感嘆し、また同時に凄《すご》いと思った。

（邪竜打倒……それを成し遂げるために、仲間達は懸命に強くなろうとしている……）

その時、剣が大きく弾かれてオウキの剣がユキトに突きつけられた。それで鍛練は終了し、双方息をつく。

「ようやく一勝かな……」

「これからはオウキの連戦連勝じゃないか？」

「そうとは思えないな。ボクだって強くなるけど、ユキトだって成長していくわけだし」

周囲ではオウキの健闘を称《たた》える声。そこでユキトは剣を収め、

「オウキのように高速で剣を繰り出すような敵が現れないとも限らない……今以上に精進

しないと」

「そうだね……さて、ボクは休憩するよ。相当疲労が溜《た》まったし」

「わかった。俺はどうしようかな。別の鍛練相手を探してもいいけど」

「その継戦能力は、さすがの一言だね」

オウキが苦笑する。ユキトは周囲に目を向け次の相手を探そうとすると――

「付き合おうか？」

声を掛けてくる人物が。視線を移せばそこには先の戦いで仲間に加わったダインの姿があった。

「とはいえ、俺で務まるかわからないが」

「いや、ありがたいよ……ただ、そうだな。俺も少し休憩しようかな」

ユキトはダインやオウキと共に訓練場の隅へと移動する。そこで仲間の鍛練する光景を見ながら、

「強くはなっている……けど、ただ鍛える以外にも何か身につけないといけないかな」

ふいに呟《つぶや》くと、反応したのはダイン。

「何か、とは？」

「霊具で強化できる以外のこと。例えば――」

ここでユキトは言葉を止めた。視線の先に、共に戦う騎士であるセシルが近づいてくる

のが見えたためだ。

霊具は腰に差しているが、鎧《よろい》ではなく騎士服姿。訓練場に設置された魔法の明かりによって照らされた金髪はキラキラと輝き、微笑を浮かべる彼女はユキトの目から見てとても綺麗《きれい》だった。

「セシル、そっちも休憩か？」

「ええ、成長した霊具を使いこなすのにまだ苦労しているわ」

――彼女の霊具はベルファ王国における戦いで成長した。その結果、実力的にフィスデイル王国騎士団の中でも上位に位置するようになったとのことだ。

そんな彼女の発言を受けて、ユキトは「そうか」と一つ呟き、

「霊具の力が増せば、当然それに比肩《ひけん》できるだけの技術が必要になるな……それに今後、邪竜との戦いが激しくなるにつれ……ベルファ王国での戦いであったような、強大な敵と遭遇する可能性があるだろ」

「魔神の力を宿した存在ね」

ユキトが首肯する。それによってダインやオウキは表情を硬くした。

――ベルファ王国での戦い。最終局面でダインの兄でありユキトにとって宿敵だったザインが魔神としての力を得て襲い掛かってきた。自らを古《いにしえ》に存在していた魔神ザルグスと宣言し攻撃を仕掛けられ、その力は多数の犠牲を伴わなければ勝てないほどだった。

「あの戦い、一歩間違えたら全滅だった。ダインの協力もあって勝利はできたけど……」

「ああした敵と戦うため、より意識して技術を高めていく、ということ?」

セシルの問いにユキトは首肯し、

「そうだ。霊具の力を引き出すことについてはディルと対話を繰り返し、高めていくことはできるけど——」

「ま、ユキトなら大丈夫でしょ」

突然横から少女の声が。見れば、いつの間にか相棒のディル——黒いドレス姿の少女が、ユキトの横に立っていた。

「私から見ても順調に使いこなせているからね」

「……そう言ってもらえるのは嬉《うれ》しいけどな。技術面はどうだ?」

「んー、その辺はよくわからないからなあ」

「なら、もっと専門的な技術を学び、向上していくしかなさそうだな」

「ユキト、剣術指南役の騎士を呼んでくる?」

「ん、そうだな」

「なら行ってくる」

「休憩が終わってからでもいいんじゃないか?」

「他にも外に行く用があったから、ついでにね」

そう言葉を残してセシルは一度訓練場を離れた。そこで、ユキトはダインへ話を向ける。

「ダインの方はどうだ？」

「俺か？　来訪者の面々に混ざって鍛練すると確かに強くなっていく実感はある。ただ」

引っかかる物言いにユキトとオウキは彼へ視線を注ぐ。

「魔神との戦いになったら貢献できるのか……前回は上手《うま》くいったが、あれほど強大な力を持つ敵だ。同じように戦えるかわからない」

「……相手が相手だ。誰しも疑問に思うところだけど、今はひたすら修行を続けるしかなさそうだ」

その時、ダインが仲間に呼ばれた。それで彼は立ち去ると、今度はオウキが発言した。

「それぞれが強くなるために……この世界のために動いているね」

「オウキはどうだ？　今後、どうやって鍛練していく？」

「ボクの方は、当面成長を果たした霊具の扱いに慣れることかな」

そう言った後、オウキは苦笑した。

「次にシェリス王女と会った際、もうちょっと肩を並べられるようにはならないと」

「……そういえば、結局シェリス王女とはどうなったんだ？」

ベルファ王国に滞在中、一度祝宴があって、その時にシェリス王女はオウキのことが気になっていると聞いていた。以降続報はなかったのだが――

「ん、ああ、えっとまあ、戦いが終わった後にも話をして再会を約束したくらいかな」

「……なんか怪しくないか」

ユキトがなんとなく尋ねるとオウキはさらに苦笑し、

「まあ実を言うと……誰にも言っていないけど、告白されたんだよね」

「……は⁉」

思わず瞠目《どうもく》するユキト。それに対しオウキはさらに笑いつつ、

「もっとも、どうするかについてはボクも結論は出せないと言ったよ。シェリス王女はそれをわかった上で……いつ言えるかわからないからと、ボクに言ったみたいだ」

いつ言えるか――邪竜との戦いは命懸けであるため、次に会えるかどうかもわからない。だからシェリス王女はオウキへ告げたらしい。

「正直、ボクとしては戸惑いの部分が多い……でも、王女は決してその場の勢いとかで言ったわけじゃなかった」

「本気だってことか……」

「うん。だからボクも必死に考えて……どういう結論を出すにしても、戦いが終わった際に返答するって約束した」

「そうなのか……オウキとしては責任重大だな」

「そうだね。それと共に、絶対に勝たなければという感情も芽生えた」

――王女としてはそんな風に考えて欲しいと願い、告げたのかもしれないとユキトは思った。

「そういうユキトだって、どうなんだ？」

ふいに話の矛先《ほこさき》がユキトへ向けられた。しかし意図が読めず首を傾《かし》げ、

「どうって……何が？」

「とぼけないでくれよ。セシルのことだよ」

言われ、ユキトはポカンとなる。

「セシルって……いや、彼女はパートナーだぞ？」

「本当に？」

――決して、誤魔化《ごまか》しているわけではないとユキトは自覚している。ただ、胸中に秘めるその感情が果たして何なのか、整理がついていないだけだ。

「……ごめん、言っている意味はわかるけど」

「戦いに必死で、考える余裕がなかった感じかな」

オウキの言葉に、ユキトは素直に頷《うなず》く。

「ああ、そうだな。それが一番の理由だな」

「色んな負担をカイとユキトの二人にかけていたからね……でも、これからは戦闘面でも、それ以外でもボクらが頑張るよ……ただ」

と、オウキはわかっている、とでもいった風に笑みを浮かべ、

「だからといってユキトがお役御免になるなんて思わないでくれよ」

「……ああ、わかってる」

頼られているという自覚がある。それは戦闘面で他の仲間に抜かれても同じだろうと想像することはできた。

「──連れてきたわよ」

そこでセシルが騎士を連れて戻ってきた。ユキトはすぐ彼女達へ向き直り、オウキは
「それじゃあこれで」と立ち去る。

騎士の紹介をするセシルを見ながらユキトは考える。自分の感情は──そして他ならぬ彼女はどう思っているのか。

様々な感情が入り乱れる中で、ユキトは剣の稽古《けいこ》を開始する。次の戦いに備え──今は自分にできることをやろうと静かに決心したのだった。

＊　＊　＊

その城塞《じょうさい》は、山肌の一角にありながら森に囲まれ遠方からでは見えにくく、なおかつ魔物が生息し人間が立ち入るのも難しい場所でもあるため、放置されていた。

ただ、城塞といってても古くロクに手入れされていない状態なので、石造りであっても相当劣化している。そうした中、城塞の中央に位置する大きな広間は多少埃《ほこり》っぽさはあれど無事だった——暗い広間の中で、コツコツと靴音が響く。

『——来たようだな』

くぐもった声がした。それと同時に魔法で明かりが生み出され、広間を明るく照らした。

広間の奥に漆黒《しっこく》の塊が存在し、それと向かい合う形で複数の人間——邪竜に仕える信奉者が立っていた。そして彼らの先頭に立つ人物は、国を裏切ったグレンその人であった。

「ええ、全ては主のご命令通りに……滞《とどこお》りなく」

うやうやしく一礼するグレン。それに対し彼の背後にいる信奉者達は沈黙を守る。

『ふむ、まずは説明をしなければならないな』

闇が声を発する。話の矛先《ほこさき》は、グレンへと向けられた。

『グレンが我らの同胞《どうほう》であるのは受け入れるのも難しくはないだろうが、問題はなぜ自分達と同じ匂いがしないのか？　という点だろう』

——信奉者達がグレンへ向ける視線は、なぜその体から邪竜の気配がしないのか、という疑問からのものだった。

「そこについては、私が説明しましょう」

広間に朗々たる女性の声。信奉者達の中から一歩進み出る人影が一つ。ベルファ王国の戦いにも参加していた信奉者であり、それに反応し闇から声がした。

『レーヌ、ここまでの準備ご苦労だ』

「全ては主様のおおせのままに」

グレンの横まで到達した女性――レーヌは、深々と一礼し、説明を始めた。

「政治の中枢を担う彼の近くにはリュシルがいたため、あえて力を持たせないようにしていた。そしてある技術を考案したことで、容易にここへ来ることができた」

『いかにも。ベルファ王国との戦いの最中、フィスデイル王国が裏切り者を探す間にレーヌがとある技術を確立させた。それは我が力を用いて擬似的な人間を作り出す……無論、力が露見しないレベルで。ベルファ王国で霊具を奪取したことで作成可能となり、そこでグレンが入れ替わったというわけだ』

「タイミングとしては、かなりギリギリでしたが」

『ああ、そうだな。敵はずいぶんと早くグレンを見つけ出した。ここまでの謀略……というより、絵図を描くための情報はグレンからもたらされていた』

ほう――と、信奉者の中からも驚きの声が。しかし、そうした場合当然ながら一つの疑問が存在する。口を開いたのは、別の男性信奉者だった。

「ではなぜ、聖剣使いをこの世界へ召喚したのですか？　話では確か、そこにいるグレンが主導で召喚したとのことですが」

『それもまた我が計画の一部だ……全ては聖剣の力を我が物とするため』

さしもの信奉者達も瞠目《どうもく》する。まさか他ならぬ聖剣使いが――

『とはいえ、現状まで盛り返されたことについて、なぜだと不満を抱く者達もいるだろう。そもそも聖剣使いを召喚するにしても、全てが終わった後……それこそ世界を支配した後に、呼び寄せればいいだけの話だろうと』

その言葉にどよめいていた信奉者の声が収まる。邪竜は、抱いていた疑問に対する答えをしっかり持っている。

『実際、ザインの手引きによってフィスデイル王国を陥落間近まで追い込み、迷宮を開放できる寸前まで到達していたはず……とはいえ、だ。それをみすみす見逃すほど、フィスデイル王国は甘くはない』

と、邪竜は語り始める。それは紛《まぎ》れもなく、この戦争の盤面を全て見通しているような発言だった。

『グレンが動かずとも、聖剣の所持者を召喚する儀式は行われていたという話だ。召喚はリュシルの屋敷にあった素材を利用したが、グレンによれば自分が動かなければ別の人間が召喚を行うべくかすめ取ろうとしただろうと……実際、そのような動きがあった』

そこまで邪竜が語ると、今度はグレンが信奉者達へ振り返りながら話し出す。

「つまり、どうあがこうとも召喚そのものは実現していたというわけです。やり方自体も私が行ったものと同じになっていたはずですが、私が動いた意味はあった。来訪者達が住む世界において、聖剣を使える人間は複数いた。故に、私はその中で誰を選ぶかについて、主導的な立場をとった」

「そして選ばれたのが、あの者達だと?」

別の信奉者からの問い掛けに対し、グレンは首肯する。

「ええ、そうです……問題はなぜ彼らを選んだのか。そこについては——」

『我が意思だ』

邪竜が続けて発言する。

『召喚する段階でグレンと連絡を取り、どういった人物を選ぶのかを決めた。どのような者を召喚するにしても、その人物の周辺にいる人間まで巻き込む必要性がある。よって我が計画に適する存在を選んだ……はずだが、ここで一つ誤算が生まれた』

「ユキト=セガミですね」

グレンの言葉に邪竜は『いかにも』と応じる。

『あの世界から召喚した理由は、過去この世界を来訪した者がいたため、その情報を利用したわけだが、まさかその子孫が来るとは予想外だった。ここについては偶然であり、またかの人物が召喚の初期段階で率先して動いた結果、一気に情勢が盛り返された』

「これについては私の不手際ですね」

『どのような人間が来るかを完璧に予測することは無理だったから、落ち度ではない。結果的に大きく情勢を覆《くつがえ》されたわけだが、どのような結末になろうと必ず我らの計画通りになる……そういう仕込みはしている』

ここで再び信奉者からどよめきが上がる。

『聖剣使いを我が物とするため、と先ほど言ったが、そうするには色々と条件を達成しなければならない。そのためには聖剣使いに強くなってもらう……我が存在と比肩《ひけん》しうるだけの実力を得てもらう必要性があった。現状、来訪者達が全員戦うことで想定以上に押し返されているのは事実だが、仕込んだ策によって全てをこちら側へ覆せる……今までの戦いは必要な犠牲だった。それはわかるな？』

同意を求めてはいるが、有無を言わせぬ雰囲気だった。ここで反発すれば、間違いなく首を刎《は》ねられることだろう。

全ては邪竜が望むままに――だからこその犠牲であり、信奉者達を納得させようとしている。

無論、突然現れたグレンの存在と、多くの犠牲。信奉者の中で反感を抱く者が出てくる可能性はあった――が、仮にそうなっても問題はないとグレンは考えた。なぜならば邪竜に反旗を翻《ひるがえ》したザインの末路を、残る信奉者達は知っているからだ。たとえ反発しても裏切りはしない――

『次の戦いは、この場にいる者達で行う』

邪竜は信奉者達へ言い聞かせるよう語る。

『敵は我らの居所をつかんでいない故に、時間もあるだろう。よって、戦争に終止符を打つため……邁進《まいしん》せよ』

指示に信奉者達は一斉に頭《こうべ》を垂《た》れる。グレンもまた同じような所作《しょさ》を示し、いよいよだと、自分の目的の成就を確信した。

＊＊＊

グレンの捜索はイズミが作成した霊具によって行われ、広範囲にわたって調査した。さらに、大地の力を利用した大規模魔法さえも行使したのだが——成果は上がらなかった。

カイはグレンが追跡できる情報を多数残していたことから、見つからないよう処置を施して潜伏すると踏んでいたが、事実その通りとなった。

想定していたことであるため、カイもリュシルも、フィスデイル王国も——果ては世界各国も慌てることなく、次の戦いへ向け準備を進めた。

魔物の動きも小康状態となり、残っていた巣の破壊を順次行った。いまだ残存していた『魔神の巣』をも破壊することに成功し、邪竜によって制圧されていた領域は、着々と消えていった。

その間に、ユキト達はひたすら鍛練を繰り返す。散発的に魔物討伐の依頼は舞い込んでくるが、それも来訪者から数人を動員する程度であり、修行時間を多く確保することができた。

召喚された当初から戦い続けてきたユキト達にとって、こうしてまとまった時間を確保することはなかったため、自らが所有する霊具と見つめ合う時間となった。ユキト自身もセシルから紹介された騎士の手ほどきを受け、着実に技量面も向上した。

そして――グレン大臣の裏切りが判明してから二ヶ月が経過した時、

「……なんだか、緊張するな」

その日ユキトはリュシルの案内を受け城内の廊下を歩いていた。時刻は昼過ぎで、周囲にはリュシル以外誰もいない。

「別に緊張する必要はないのに」

と、リュシルは苦笑しつつも、無理もないといった表情でユキトを見据える。

「ただ相手は高貴な存在であるため、言動には注意してね……といっても、あなたなら大丈夫よ」

「わかった……」

やがて目的の部屋へ辿《たど》り着く。リュシルが先導する形で扉を開けると、そこに青を基調とする貴族服を着た一人の男性が立っていた。

身長が二メートル近くある大柄の男性。短い黒髪に笑顔を向けるその姿は、柔和でいながら歴戦の戦士を思わせる。貴族服の上からでもわかる体格の良さに、ユキトは無意識に体に力が入る。

「君が『黒の勇者』か？」

その声は、ずいぶんとハツラツとしたもの。ユキトはその問いに頷《うなず》きつつ、

「はい、そうです」

「初めまして。私の名はラオド＝ジルーア。マガルタ王国騎士団の副団長をしている者だ」

彼の言葉にユキトは緊張が走る——それと同時に、人とは異なる気配を感じ取った。

マガルタ王国とは大陸の北東部に存在する国であり、竜族が国を治めている。その中で目の前にいる存在は竜族においてとりわけ高貴な存在らしく、国の重臣《じゅうしん》として長きにわたりマガルタを支えているらしい。

ユキトはリュシルから事前に話を聞いていた。竜族の言う高貴とは人間とは大きく異なり、単なる貴族ではない。それこそ、侮辱《ぶじょく》すれば国そのものが動く——竜族と人間における価値観の違いだろうとリュシルは語っていた。故に、緊張しているわけだ。

けれど、どうしても話をしておかなければならなかった。その理由は、

「確認ですけど……異界からやってきた剣士と共に旅をしたんですね？」

「ああ、そうだ。話によれば君の祖父と一緒に……いやはや、こうして顔を合わせると面影があるな。それに、魔力も似通っている」

そう言いながらラオドはユキトに右手を差し出した。

「間違いなく君は、あの人の親族だ……会えたことを光栄に思う」

「……ありがとうございます」

握手を交わす。そこから両者は席に着き、リュシル立ち会いの下で話をする。

「ここに呼ばれたのは君の祖父……迷宮を踏破した剣士について教えて欲しいと」

「はい、そうです。その、祖父がこの世界に来ていたという事実を知り、どうしても知りたくて」

「親族である以上当然だが……君にとってあの人は大切だった？」

「はい、祖父からは剣道を……武道の一種を通して色々学びました。召喚された当初からずいぶんとこの世界に適応できたのも、きっと祖父の教えがあったからだと考えています」

「ほう、教えか……」

「元の世界では影響ありませんでしたが、もしかすると武道の教えに魔力の扱い方なんかを盛り込んでいたのかもしれません」

「なるほど、この世界で培った経験を利用したわけだ……うん、それなら君の言っていることも納得がいく。なら、彼について語ろうか……とはいえ、私自身そう多くのことを知っているわけではない。そもそも、名前すら知らなかったくらいだから」

「名前も？」

「ああ、私自身は彼を勇者と呼んでいた……もしよければ、彼の名を教えてもらえないだろうか？」

――ユキトが祖父の名を口にすると、ラオドは感慨深いような表情を示した。

「まさか、あの人がいなくなってから名を知るとは、奇妙な運命だ……私の方こそ礼を言わねばならないな」

ユキトは彼が祖父とどのような交流をしたのかわからない。けれど現時点においても、祖父を懐かしむ様子が垣間見られ、良い記憶として残っているのだと想像することはできた。

「私は、当時何の役職も持たず自分の実力を試すために武者修行に明け暮れていた。その最中、迷宮攻略に赴《おもむ》こうとしていた彼と出会った。彼は冒険者間では噂《うわさ》になっていたほどの人物であり、当時喧嘩《けんか》っ早かった私は決闘を申し込んだ」

「それは、また……」

「今思えば恥ずかしい記憶の一つだが……彼は容易《たやす》く受けてくれたよ。結果から言えば、私は彼に一度も触れることなく敗北した」

「今のラオドからは想像できないわね」

と、リュシルは彼を見据えながら告げる。

「私が最初に出会ったのは国同士の会合だけれど、その時から理知的に話をしていたし、好戦的な性格は感じられなかった」

「若気の至りというやつさ……さて、私は決闘で完膚《かんぷ》なきまでに敗北し、その強さに憧れて仲間に入れてくれと頼み込んだ。彼は困った様子だったが、最終的に折れて一緒に迷宮攻略を始めた。ただ、一つだけ彼は条件を提示し私はそれを受け入れた」

「条件？」

「迷宮の最奥にある願いを叶《かな》える霊具『魔紅玉』……それは自分に使わせてくれと。だから彼と共にいた仲間達は、願いを叶えるというよりは迷宮を踏破したという実績が欲しくて潜っていたな」

――元の世界へ帰るという目的ならば『魔紅玉』を得る要求は当然ではある。

「迷宮に入るのは誰もが願いを叶えるためだと思っていましたが……」

「色々な人種がいたって話だ。単純に強力な霊具を拾い一攫千金《いっかくせんきん》を狙う戦士もいた。信奉している勇者を支持してその威光をより強くしようと躍起《やっき》になっていた神官もいた。あるいは、ただ単純に力を求めてという輩《やから》もな」

「その中で祖父は……」

「願いを叶えたい者。当時、迷宮を潜っていた人間で彼がなぜ『魔紅玉』を狙っていたのかを知る人間はいなかったな。ま、異世界へ帰るなんて荒唐無稽《こうとうむけい》すぎて、話せなかったというのもあるんだろうが」

「……祖父がなぜこの世界に来たのかはわからないですよね」

ユキトの言葉に対し、ラオドは小さく頷《うなず》いた。

「話によると、君達が召喚されたのは君の祖父が召喚された痕跡から、だそうだな？」

「はい」

「だとするなら、君の祖父は何故《なにゆえ》……ということになるが、おそらくそれより以前に魔法を使った者がいたのだろう。召喚魔法自体は天神の技術によって生み出されたもの……よって、いずれかの時代に何者かが召喚され、縁ができていた可能性もある」

と、ラオドはここでリュシルへ視線を向けた。

「当時から存命していたリュシル様なら、何か知っているのでは？」

「……詳しいことはわからないわ。でも、縁があったからこそユキト達が召喚されたのは事実でしょうね」

「私達からすれば、来訪者の存在は希望とも呼べるが……君達にとっては不本意だろうな」

「それは……」

ユキトが何かを言おうとした瞬間、ラオドは「すまない」と告げて首を振った。

「話を戻そう。彼はその強さを活《い》かして迷宮を攻略していった……所持していた霊具は強力で、なおかつ魔力が潤沢であったために、そうしたことができたのだと思う」

「そして迷宮の最奥へ到達して……」

「ああ、そうだ。迷宮の主を倒して、彼は踏破を成し遂げた……説明としてはあっさり終わってしまうが、実際は半年以上掛かった。それだけ厳しい戦いだったが、私を含め彼と共に戦っていた面々からは一人も犠牲者を出さなかった」

ラオドの目が変わる。それはどこか過去の光景を懐かしむようだった。

「結果として彼が『魔紅玉』を手にして、以降行方は知れなかった。残されたのは書き置きと、力を失った『魔紅玉』だけだ」

「それ、大騒ぎしたんじゃないですか？」

「そうだな、突然消えて何事かと考えたが……彼は望みを叶《かな》えたのだという事実は書き置きから判明していたから、私達は彼の将来を祈ることにして、パーティーは解散。私はマガルタ王国に戻った」

「そう、ですか」

ユキトが相づちを打った時、ラオドはふいに視線を向けてきた。

「改めて言うが、君は確かに似ているな」

「祖父が若かった時の顔立ちと？」

「顔は面影程度だが、魔力はずいぶんと似通っている。おそらく、彼から教えを受けたせいだろう」

「祖父の教えによって、精神的にも肉体的にも助けられました。可能であれば今以上に何か活《い》かしたいんですけど――」

「ああ、それならいくらか手ほどきをしようか」

思わぬ提案にユキトは目を瞬《また》かせた。

「えっと、何か知っているんですか？」

「彼の強さの秘密を知りたくて、色々と教わった。その中で得意だった技能について、いくつか教えることができる」

と、ラオドはここでリュシルへ目を向けた。

「もしよければ、数日程度滞在しても構わないか？」

「私達は問題ないけれど、あなたの方は平気？」

「ああ、長い話になるだろうなと休暇はもらってきたからな。さて、ユキト＝セガミ君。私が知りうる限りの技術を君に託す……ということで、いいかい？」

ユキトは彼の言葉に身震いする。同時、ゆっくりと頷《うなず》いた。

「はい、お願いします」

――そしてすぐさま訓練をするべく準備を始める。ユキトはディルと共に訓練場へと向かったのだが、その道中で、

「あー、ユキト」

「ん、どうした？」

「ディルからも実は話さなければいけないことが一つ」

「……祖父のことか？」

横を歩く相棒はコクリと頷く。

「といっても、ディルは大したこと知らないけど――」

そこで語られたのは、ユキトがディルと出会った場所、その迷宮に祖父も訪れていたという事実。ただ交流はほとんどなく、少し話した程度ではあったらしいが、

「親族がディルを手にしたというのは、何か因果でもあるのかなー、なんて……」

「どう、なんだろうな。でもあの場所で戦ったのは偶然だし……まあ、結果的に祖父が残した足跡《そくせき》を辿《たど》っていたのかもしれないな」

そこでユキトはディルへ目を向ける。

「ありがとう、話してくれて」

「案外簡単に受け入れるね……」

「色々な疑問が腑《ふ》に落ちたからな。俺自身、カイのように特別な存在じゃないことは理解していたし、納得できて良かったよ……ディルとの件については、これから意味があると考えよう」

「これから？」

「俺の祖父がディルとの縁を繋《つな》げてくれた……それをどう活《い》かすかは俺とディル次第ってこと」

「なるほど、なら頑張るよ」

「頼むぞ」

会話をする間に訓練場に到着。そこでは既にラオドが待っていた。

「それじゃあ、早速やろうか」

貴族服姿ではあるが、その目は鋭く好戦的なものへ変わっている。

「他ならぬ君の祖父より教えを受けていた以上、すぐに馴染《なじ》むかもしれないな」

「……戦闘前、金属音のような音が鳴ると集中力が高まるんですが、これもまた技術でしょうか？」

「ああ、それか。私も君の祖父から教授してもらった……ふむ、その様子だと自分の意思で扱えてはいないようだな」

ユキトが頷《うなず》く。それにラオドも頷き返し、

「ならば、その辺りからやるとしようか……近いうちに決闘形式で訓練の成果を披露する機会があるらしいな？　そこで技法を試すといい」

言葉と共にラオドは魔力を発する。ユキトは剣を抜き、彼の前へと進み出た――

そうしてユキトは祖父の仲間より技術を教えてもらい、また仲間達と共に鍛練を続けた。やがて仲間の中には霊具の成長を果たした者も現れ、それをきっかけにしたか、来訪者と共に戦う騎士の霊具が成長を果たすケースもあった。

相乗効果により、確実に強くなっていく実感がユキトにはあった。ラオドからの教えについても期間は五日ほどだったが、十分すぎるほどの成果を得た。

彼との再会を約束し、ユキトはさらに鍛練を重ねる。ただ一つだけ気になることがあった。仲間達は着実に強くなっている実感を得て表情は明るかったのだが、唯一カイだけは違った。時折、物憂《ものう》げに考え込む様子が幾度もあった。

ユキトとしては側近として何かあったのかと声を掛けることもあったが、彼は「何でもない」と応じたため、結局追及はできなかった。

なおかつ、グレンの居所についてはまだわかっていない。様々な手法で捜索を行っているが、それでもなお見つけることはできず――とはいえ、ユキト達は慌てなかった。次の決戦に備え、相手の想定を上回るほどに強くなる。それは着実に果たしているという自負が確かにあった。

加えて各国の連携も上手《うま》くいき始めている。ユキト達来訪者の存在が呼び水となり、歴史的な禍根《かこん》はあれど手を組もうという動きが現れた。

それと同時に国力も回復した。魔物が街道からいなくなり、人里に近しい巣を破壊したことで、物流も人の移動も容易《たやす》く行えるようになった。情勢は大きく盛り返し、町は平常を取り戻しつつある。

そして――ユキト達がベルファ王国から帰還しておよそ三ヶ月。気温が上がり始め春の芽吹きを感じさせるようになった頃、フィスデイル王国の王城にて一つのイベントが開催された。

「思った以上に人が集まっているな」

公的なものではないが、城内にいる人達の多くが中庭に集まっているのを見て、ユキトは呟《つぶや》いた。

そこは中庭において一番広い空間。円形の舞台が組まれ、それを囲むように観客である兵士や侍女がいる。

さらには、ユキト達の仲間や騎士の姿も――と、ここで舞台に上がるカイの姿が。

「……今回、集まってもらいありがとうございます」

そうカイは切り出すと、周囲にいる人達の視線が彼へ集中した。

「今回こうした舞台を設けたのは、これまでの鍛練……その成果を試してもらうため。とはいえ、霊具を用いての戦闘は下手すれば建物に影響を及ぼす可能性があるので、主に技量面について確認することになります」

　――カイが前に言っていた決闘形式のイベント。それがとうとう開催されるに至った。

　彼はそこからいくらか挨拶《あいさつ》を行った後、いよいよ試合が始まる。

　組み合わせは抽選形式で、一人およそ三試合ほど組まれている。あくまで鍛練の成果を披露する場であるため、優勝者を決めるというわけではない。

　これは次の戦いへ向け士気を高めるという意味合いもあるようで、ユキトは中庭の端にリュシルがいることも目に留めた。もしかするとジーク王だってどこかで見ているかもしれない。

　そうして試合が始まる――最初、相対したのは仲間と騎士。仲間の方は『天盟槍《てんめいそう》』という名の槍《やり》の霊具を握る人物で、名はシュウゴ。切れ目でどこか好戦的な眼差《まなざ》しを持っているのが特徴で――クラスメイトの中では何にでも首を突っ込みたがる性分であり、イベントなどで賑《にぎ》やかしを担当するような人物だった。

　そんな彼の霊具は純粋な身体強化がメインの槍。対する騎士の武器もまた槍で、霊具の力を完全に発揮させない限定的な戦いであれば、純粋に技量で勝負が決まるとユキトは思った。

「では――始め！」

　審判が号令を発すると、先んじてシュウゴが飛び出した。槍の先端が騎士へ届こうとするが、相手はそこで応じ、シュウゴの槍《やり》を弾く。

そこから、めまぐるしい展開だった。魔力を込め突き込まれるシュウゴの槍を、騎士は臆《おく》すことなく弾いて反撃に移る。その槍さばきはまさしく研鑽《けんさん》を積んだ成果であり、シュウゴの鋭い攻撃を見事にいなしていた。

槍から魔力が溢《あふ》れ、槍同士がぶつかると弾け、光の粒子となって空へと昇る。この場にいた多くの人間は、来訪者であるシュウゴが圧勝するだろうと思っていたかもしれないのだが——予想は覆《くつがえ》され、どよめきが上がった。

とはいえ、基本スペックは強力な霊具を持つシュウゴが上。なおかつ彼は既に霊具の成長も果たしており——さらに槍の鋭さが増す。派手な攻撃をほとんどしない彼の霊具は、今回の決闘形式では有利に働くかもしれない、とユキトは胸中で呟《つぶや》いた。

それでも持ちうる技術で騎士は幾度となくシュウゴの霊具を受け流していたが——やがて、一際鋭いシュウゴの一撃で騎士の槍は大きく弾かれた。それが決定打となってシュウゴの槍が騎士の首筋へ。それで勝負は決し、審判はシュウゴ勝利と宣言した。

それと共に巻き起こったのは拍手——勝敗が決したのもあるが、何より騎士の健闘を称《たた》えたものであるのは明白だった。

「……すごいね」

ふいに横から声がして、ユキトは視線を移した。そこに立っていたのはメイ。彼女は負傷した場合に備え待機しており、今回決闘には参加しない。後方支援系の霊具であるため、当然と言える。

「ユキトはここまで鍛練してきてどんな調子？」

「かなり良いよ。三ヶ月……短い時間だったけど、俺自身もそうだし、仲間も騎士も着実に強くなっている。他の国は……情報があったはずだけど」

「あ、少し小耳に挟んだよ。次の戦いに備えてひたすら鍛練を重ねているみたい。あと、イズミの研究が活《い》かされているみたいだよ」

「イズミの？」

今回彼女は中庭にいない。おそらく国側から用意された研究室で今も机に向かっているはずだ。

会話の間に次の試合が始まる。現れたのはオウキ。対するは隊長クラスの騎士だ。

「私の方も準備はしていたけど、今回には間に合わないのが残念だったなあ」

「準備？」

「うん、アイドル活動の」

――そこでユキトは三ヶ月の間、メイが城内で動き回っていたのを思い出す。

「ああ、本当にやるんだな」

「当然でしょ。現段階では私一人だけど。実はクラスメイトを誘ってみたりもしたんだけど」

「さすがにメイと肩を並べて活動は無茶だろ」

「いけると思うんだけどなあ」

メイと会話を行う間に勝負は決する。オウキの勝利だったが彼の猛攻を耐え続けた騎士に対しても惜しみない拍手が送られた。すると次に審判からユキトの名が告げられた。

「よし、俺の番だな」

「頑張れー」

と、メイの応援を背にユキトは舞台へ。観客から歓声が上がり、対戦相手もまた姿を現す。仲間である女性だ。

「結構緊張するなー」

名はヒメカであり、これまで遠征に参加したことがない一人だ。

騎士服ではあるのだが男性の衣装を改良したものであり、これは彼女の霊具の特性を考慮してのものとなっている。さらに彼女を特徴づけるのはショートカットの黒髪と、ハッラッとした顔立ち。女性陣のムードメーカー、というのがクラスメイトとしての立ち位置だった。

召喚されてから、ユキトなどよりもカイなどと組んで魔物討伐を行うことが多い仲間だった。ヒメカの霊具の特性もあって戦果はかなり高いと聞き及んでいる。

「よろしく、ヒメカ」

「こうして戦うのは初めてだっけ?」

問い掛けにユキトは小さく首肯する。

「ああ、そうだな……活躍ぶりは聞いているよ。全力で応じさせてもらう」

ユキトの宣言に対しヒメカは口の端をつり上げて笑うだけ。

「では……始め！」

開始の宣言が成される。ユキトはここでラオドから学んだ技法を試そうと体に力を入れた瞬間、それは起こった。

突如目の前から、ヒメカの姿がかき消える。ユキトは即座に目ではなく魔力で動きを追い、

(背後だ！)

直感した矢先、体を半回転させてヒメカが放った蹴りを剣で受け止めた。

「おっ、と……!?」

あっさり見切られてヒメカは驚愕《きょうがく》の声を発する。そして繰り出された足には彼女には不釣り合いな具足――それがヒメカの霊具《い》である『神鳴脚《しんめいきゃく》』だった。

陸上部のエースでもある彼女は、脚力を活かした霊具を得るに至った。具足は足を加速させ、常人には決して成し得ない速度を引き出し今のように一瞬で背後に回れるほどの機動力を持つ。仲間の中でもとんでもない速さの彼女についていける人物は少なく、カイがその一人だったとユキトは記憶していた。

「はっ！」

ヒメカは即座にユキトへ追撃を掛ける。今度は横から蹴りが放たれるが、ユキトはそれも剣で防いだ。

すると彼女はまたも移動し、再び背後から——ユキトはその全てを見極めて剣で防ぐ。とはいえまだ反撃はできていない。速度を見極め対処するだけで手一杯だった。

（かなり厄介だな……！）

これは魔物も手を焼くに違いないと確信した時、ユキトはどうにかヒメカの動きを完全に捕捉することに成功した。一度正面に回った後、右へと体を移す彼女。一連の動作を魔力で理解し、先読みする形で剣を振った。

「っ……!?」

ヒメカはそれで立ち止まった。動きを把握されたのを認識すると共に、一度間合いから出て体勢を立て直そうとした。

だが、ユキトはそれを許さなかった。止まったのは、それだけ隙《すき》を晒《さら》したということ。今度はユキトが前に出てヒメカへ迫る。攻防は一瞬であり、ユキトの斬撃を彼女は一度蹴りで防いだが——切り返しで彼女の首筋へ剣を突きつけた。

「……さすがに、速さだけじゃ勝てないかあ」

ヒメカが笑うと共に、審判がユキト勝利を宣言する。めまぐるしい戦いに観客は驚き、健闘《たた》を称える拍手が鳴り響く。

「ヒメカの霊具って、具足だけで他の場所は保護されないんだっけ？」

ユキトはふとした疑問を投げ掛けると、彼女は頭をかきつつ、

「霊具本体は具足だけど、両腕とかに魔力をまとわせて防御することはできるよ。さっきはやらなかったけど、やろうと思えば剣を腕で防げたんじゃないかな」

「あえてやらなかったと」

「さすがにユキトの霊具相手じゃあ怖かったし。魔物相手なら通用するのはこれまでの戦いでわかっているし、そこはもっと鍛練して判断できるようにならないといけないね」

さっぱりした口調で語ると彼女は舞台から下りた。続いてユキトも元いた場所へ戻ってくると、メイが拍手をしつつ出迎えてくれた。

「さすがユキト」

『私も褒めてー』

「ディルもさすが」

剣から声がしてメイが褒めると『ありがとー』と返ってくる。それで和《なご》やかな空気となり、ユキトは剣を収め一言。

「メイから見て今の戦いどう思った？」

「私は専門家じゃないけど……もしユキトの対応が一歩遅れていたら、勝敗は違っていたかもね」

「ああ、そうだな」

「なんだか嬉《うれ》しそうだね、ユキト」

その言葉に当のユキトは目を丸くする。

「嬉しそうに見えるか？」

「うん。あ、戦いが好きそうだなー、と思ったわけじゃないよ。なんというか、戦いを通して仲間と交流しているためかな」

「……言われてみれば、そうかもしれないな」

言葉を交わしたわけではない。けれど、霊具を通してどれだけ鍛錬を重ねてきたのかは理解できる。

仲間達もまた、次の戦いに備え――何より勝利すべく、犠牲となった仲間を思いながら強くなろうとしている。その事実が、自分は一人ではないし大切な仲間がいると感じられる。

「ユキトの次の相手は？」

「えっと、次は……」

メイと話をする間に次の試合が始まる。会場は沸き立ち、ユキトもまた舞台へ視線を巡らせた。

その後、別の仲間と戦った二度目の試合についてもユキトが勝利し、いよいよ最後の試合を迎える。相手は、幾度も共に戦ってきたこの世界の騎士。

「さて、どうなるかな」

舞台に上がると、緊張した面持《おもも》ちのセシルが立っていた。既に剣を抜いており、ユキトも応じるようにディルを抜くと、審判が開始の宣言をした。

会話はない。セシルはじっとユキトを見据え、一挙手一投足を観察している。

(そういえばここ最近、一度も会話をしていないな)

胸中でユキトは呟《つぶや》く。以前は鍛練も一緒にやることが多かったが、最近はなかった。ユキト自身、ラオドから教えてもらった技法を試していたのもある。ただ、他ならぬセシル自身が何か——今日のため密《ひそ》かに鍛練している様子もあった。

(セシルは仲間二人と戦って連勝……霊具の成長もあるけど、それ以上にベルファ王国帰還後から大きく成長している)

ユキトもふと見る鍛練の様子でそれを実感していた。数ヶ月の間で、間違いなく騎士において一番成長したと言えるセシル。その実力は如何《いか》ほどのものか。

(きっと俺に対する策もあるだろう……でも、こっちだってラオドさんから託された技法がある)

ヒメカとの戦いではほとんど活用できなかった。けれど彼女相手ならば——

先んじて動いたのはユキト。一歩で間合いを詰め真正面からセシルへと挑んでいく。それに対し彼女は防御の構えをとった。直後、ユキトは振り降ろしの斬撃を見舞う。金属音が鳴り響き、双方せめぎ合いという形になる。

そこでセシルは剣を受け流し反撃に転じた。速度はヒメカが示したような高速には至らないが、洗練されわずかな隙《すき》すら見いだすことができない。ユキトは剣を防ぐとどうにか反撃に転じ——双方の剣が、速度を増していく。

庭園に金属音がこだまし、ユキトとセシルは視線を交わしながら剣を放ち、防ぐ。時に立ち位置を変え攻めるユキトに対しセシルはあくまで迎え撃つ構え。カウンターで決めるつもりなのだとユキトは理解しつつ、それでもなおユキトの剣は彼女の剣を超えられない。

（強い……！）

ユキトは心の中で呟いた。召喚された当初、まだディルを持つ前に幾度も戦ったが、技術の差により勝てなかった。けれど今のユキトはディルを手にして力は上がり、なおかつ技量面においても相当成長している。単純な魔力量もあって、技量の差がまだあるにしてもそれを埋めるだけの要因があるはずだった。

けれどユキトは、どれだけ揺さぶっても動かないセシルを見て、彼女もまた驚異的な速度で成長していたのを実感する。一番大きいのは霊具の成長。それによって力も技術も大いにパワーアップを果たし、ユキトと互角の勝負を繰り広げている。

そうした状況のためか、周囲の観客がヒートアップした。大半の人はユキトが勝利する未来を描いていたはずだ。なぜならカイと並ぶ勇者としてユキトは認められているから。しかしセシルが健闘——ばかりか、互角な状況。もしかすると、という期待を込めた眼差《まなざ》しを向ける者も出る。

ユキトはその中でどうすべきか思案し、ラオドから託された技法を使う。それは相手の視線や動きを見て、次の行動を予測する技法。より具体的に言えば、視線を通して魔力を感じ取って相手の精神状態すら把握するという技法。

祖父はこの技術を大いに活用し立ち回っていた。彼は回避に特化した能力であったため、少しでも情報を取って動きを先読みしていたらしい。実際、ユキトがこれを試した結果、相手の動きを精査できるようになった。

目に込める魔力を高めれば、相手の内面すら知ることができるらしい——が、現段階でユキトはそこまで試していない。

技法を使用した瞬間、セシルの動きが読めるようになって、ユキトは即座に剣を放った。隙《すき》、とも呼べないような小さな間。ただ、間隙《かんげき》を縫うような剣にさしものセシルも対応が遅れた。

即座にセシルは一歩後退する。致命的な状況に陥らないよう下がったが、ユキトはここぞとばかりに攻める。それと同時に、視線をじっと合わせて次の行動を読もうとする。

ただ、セシルもそう崩れない――彼女の霊具は他者の動きを把握できる剣。霊具の成長によりそれがさらに進化し、ユキトの行動をある程度読めるようになっている。

つまりユキトが得た技法と似ており、読み合いに発展しているため、単純に動きを精査するだけでは決定打にならない――ならばと、ユキトはさらに意識を集中させた。今まで以上に相手の行動を読むために、目に魔力を集めて剣を振ろうとする。

その時だった――視線を重ねたセシルの瞳、その奥。鍛練している時には覗《のぞ》こうとしなかったもの。感情だけでなく、心の中でさえも覗けるほどの技術。

一瞬、ユキトの頭の中へセシルの感情が雪崩《なだ》れ込んでくる。わずかな時間で押し寄せる情報に対し、技術を使用したユキト自身が戸惑うほどだった。

（これが、迷宮を踏破した技術――）

驚愕《きょうがく》と共に、ユキトは数秒にも満たない時間で様々なものを読み取った。セシルが打って出る次の剣戟《けんげき》。そして霊具へ注ぐ魔力の流れ。

さらには、セシルがこの戦いをどのように感じているか――ユキトと真正面から相対したのは、霊具の成長を果たした自分自身を認めてもらうため。それはユキトのパートナーとして、共に戦おうとしているため。

ではなぜそうまでして彼女はユキトの隣に立とうとするのか――それについては心の奥底を覗《のぞ》いたことで、認識した。いや、理解してしまった。

セシルの故郷で、漆黒《しっこく》の迷宮の中で、そしてベルファ王国における祝宴の中で、ユキトに掛けられた言葉。それによって生まれた想いを――視線を通して理解した瞬間、ユキトの頭の中に混乱が生じた。

情報量が多く、それを処理するのに時間を要し、さらにセシルの感情を知ってしまったという罪悪感が生まれ――それが大きな隙《すき》となった。気付けばユキトの剣を押し返したセシルが間近に迫っていた。

まずい、とユキトは感じたが遅かった。彼女の一撃がユキトの剣を弾き飛ばし、セシルが剣を突きつける。

彼女の息は上がっていた。あと数度剣を交わせば限界を迎えていたかもしれないが、勝利した。少なからず高揚感もあるのか顔がわずかに赤くなっていた。

次の瞬間、観客が沸騰する。決闘形式で全力とはいかないにしても、セシルが『黒の勇者』に勝利した――その事実が、人々を興奮させたようだった。

「……俺の負けだな」

ユキトは笑いつつ、セシルへ言う。

「読み合いなんかも上手《うま》くいっていたけど……セシルの方が上手《うわて》だったみたいだ」

「とはいえ、紙一重だった」

セシルはそう語る。同時、ユキトは自分が読み取った内容――彼女は少なくともユキトに心を読まれたとはわかっていないのだと把握する。

　それと共に心の奥底を知ってしまったという事実にユキトは胸が痛んだ。不可抗力とはいえ、申し訳ない気持ちになるが、

（さすがに、話せないよな……）

　セシルとしては、知られたくなかっただろうと思うから――ユキトは、もしかしたらそうなのかもしれない、なんて考えることはあった。けれどさすがに勘違いかもしれない、共に戦っているからそういう風に感じただけかもしれないと思っていた。

（でも、セシルは……）

「どうしたの？」

　視線を重ね合わせていたことに疑問を感じたのかセシルが問い掛けてくる。ユキトはそこで悟られないよう、一度視線を外して飛ばされた剣を拾い上げた。

　同時、ユキトは口を開く。

「セシルは今日の決闘、俺と戦う場合に備えて気合いを入れていただろ？」

「……さすがに、そこは気付くか。ええ、そうよ」

「これからも俺達来訪者と共に戦っていけるという証明を、したかったのか？」

「ええ……特にユキト、あなたと共に戦えることを、実力で示したかった。あなたと当たるのは運だったけれど、そういう機会に恵まれて幸運だった」

戦友として——何度も助けてくれた恩義から。心を読み取ったユキトはセシルが本心からそう考えているのだと確信する。

「なら、それは果たされたんじゃないか？」

周囲を見る。セシルを——騎士セシルを称《たた》える声が、ユキトの耳に入ってくる。

「今回の決闘で全てを見せたわけじゃないし、もう一度やったらきっと結果も変わるだろう……セシル自身完全に納得したかわからないけど……少なくとも、一緒に戦えるということは示せたと思うよ」

「ユキト……」

「俺としても、セシルと並んで戦えるのは心強い」

その瞬間、セシルの顔が少しだけ緩んだ。それこそ、今求めていた言葉だったという風に。

ユキトとしては、心の中を覗《のぞ》いた点も考慮した言葉ではあったので、良心の呵責《かしゃく》に苛《さいな》まれる面もあった。けれど、戦場で背中を預けられるパートナーであると感じたのは事実。

だからこそ、

「次の戦いは、文字通り死闘になる……だからセシル。力を貸して欲しい」

「なら、期待に応えられるよう、強くなるわ……今よりも、ずっと」

——この時こそ、ユキトとセシルは自他共にパートナーと認められた瞬間となった。

以降、決闘はつつがなく終了し、士気も高まり城内の人間にとって希望を与えられる結果となった。間違いなく次の戦いへの機運は高まり、王城内が邪竜との戦いに一丸となって進んでいけるきっかけとなった。

最後まで見届けた後、ユキトは部屋に戻りセシルのことを考えた。ラオドから授けられた技法はとても強力で、戦いを通して彼女の心の内まで見通せてしまった。そして彼女の想いについて改めて考え、

（……答えは、出さないと）

ユキトは自分がどうするのか、まだ迷っていた。この世界に留《とど》まるのか、それとも戻るのか。再三突きつけられてきた事実を内心で蒸し返しながら、悩んでいた。

けれどその中で、セシルの想いにちゃんと応じなければという気持ちもあった。共に戦い続けるパートナーであるために――

「俺の気持ちは、どうなんだろうな」

まるで他人事のようにユキトは呟《つぶや》いた。自分自身は果たして、この事実に対しどう思っているのか。

まだ完全に受け止めきれていないため、時間が必要だとユキトは断じた。そして一度頭の中を整理すべく散歩でもしようかと考えた時、ノックの音が部屋に舞い込んだ。

「はい？」

「僕だ」

カイであった。ユキトが扉を開けると、聖剣を腰に差して佇《たたず》む彼の姿が。

「少し話したいんだ。いつもの場所で」

ユキトは頷《うなず》いて承諾し、部屋を出る。カイが歩き出してその後ろに続く。

いつもの場所——それが指し示すのは、召喚されてすぐ訪れた大広間のバルコニー。町を見下ろせるこの場所で、ユキト達は以前ジーク王と顔を合わせた。

やがて辿《たど》り着いた当該の場所に、今日も王が立っていた。ユキトとカイは無言でバルコニーの外に出ると、その場にいるジーク王は振り向いた。

「二人とも、ご苦労だった」

「僕は今回何もしていないけどね」

カイは裏方に徹しており、決闘には参加していない。

「いや、ちゃんと決闘の運営をしていたじゃないか。むしろ、その方が疲れるだろう？」

「……そこには同意するよ」

苦笑するカイ。城内だけとはいえそれなりに規模が大きいイベントであったため、苦労もあったようだ。

「そして勇者ユキト、騎士セシルとの戦い……まさか彼女が勝つとは思わなかった」

「それだけ、共に戦っていた彼女が強くなったということだ」

「彼女の勝利は、騎士の士気を高める結果に繋《つな》がったようだ。騎士セシルは霊具の成長を果たしたが、それを成すことができれば、来訪者ではなく自分達の力で現状を打開できるかもしれないと。無論、決闘はあくまで決闘であり、戦争における戦いとは異なる。だがそれでも、希望は見いだせた」

「そう言ってもらえたら、負けた甲斐《かい》があったな」

軽口にユキト達は一斉に笑い出す。

途端に和《なご》やかな空気となり、ジーク王は口の端に笑みを浮かべながら、ユキト達へ語る。

「さて、こうして集まってもらったわけだが……グレン大臣……いや、反逆者グレンの動向について、話したいと思う」

「見つかったのかい？」

カイからの質問にジーク王は首を左右に振る。

「残念ながら……どこかに潜伏しているはずだが、全力で捜索しても見つかっていないことから、邪竜の力によって魔力が変質したか、あるいは思いもよらぬところでかくまわれているかのどちらかだと考えている」

「前者である可能性が濃厚だけど……」

「後者の場合は迷宮が最有力だな。あの中を魔力で精査するのは難しい……とはいえ、各国で調査を進めており、怪しい場所……つまり信奉者達の潜伏場所については、いずれ候補が判明するはず」

「その中にグレンが……」

「いる可能性が高い。ともかくもう少し待ってもらえればいい」

「こっちは準備万端だ」

ユキトが力強い言葉を告げると、ジーク王は深々と頷《うなず》いた。

「それは頼もしい……騎士の力も短期間で大きく引き上がった。次の戦いで、ついに決まる……地上の戦いを終わらせたいところだ」

そう述べるとジーク王はユキトとカイを一瞥《いちべつ》する。

「ベルファ王国やシャディ王国もまた、戦いに参じるとのことだ。もっとも場所によっては難しい可能性もあるが」

「援護があるのは頼もしいよ」

カイが言うとユキトもまた同意し幾度か首肯する。

「僕らは次の戦いに備え、このまま鍛練を続ける……でいいんだね？」

「ああ。調査はこちらに任せてくれ。必ず、尻尾《しっぽ》を捕まえてみせる」

それで会話は終わり、ユキト達は広間を出る。部屋へと戻る最中に、カイは一つユキトへ告げた。

「ユキト、セシルは霊具が成長しパートナーとして多くの人に認められた。その事実から今まで以上に重要な立ち位置になると思う」

「そうだな」

「これまでと同様一緒に戦っていけると思うけど……念のため、僕の方からもユキトのパートナーとして推挙しておこう。他に何か要望があったら言って欲しい」

「ありがとう……現時点で俺は何もないけど、セシルに対してフォローとか必要かな？肩に力が入っていそうだし」

「そう心配しなくていいさ」

微笑を湛《たた》えたカイは、ユキトに返答すると背を向けた。

「さて、僕は別に用があるからここで」

「ああ、わかった」

——そうして立ち去るカイをユキトは見送った後、部屋へと歩き出す。

「セシル……」

パートナーの姿を思い起こす。自分に何ができるのか。それを考えつつ、ゆっくりとした足取りで廊下を歩み続けた。

＊　＊　＊

ユキトと別れたカイは、廊下をドンドンと進み続け、やがて人気《ひとけ》のない場所まで辿《たど》り着いた。

「さて……」

周囲を見回し誰もいないのを確認した後、カイは聖剣の力を利用して魔法を使った。それは気配を殺し、姿を消す魔法。誰にも見咎《みとが》められないようにするための処置であり、もし誰かが見ていたなら何をする気なのかと疑問に思っただろう。

いや、もしかすると聖剣所持者であるカイの行動であるため、理由あってのことだと深くは考えないかもしれない――カイは自らの信用が極まっているのを自覚しつつ、浮遊系の魔法を使用して城壁を越えた。

方角は北側であり、その先に見えるは木々が生えた山。そこへ下り立って少しの間徒歩で移動する。程なくしてカイは立ち止まり、森の中を吹き抜ける風を感じながら、口を開いた。

「……いるんだろう？　出てくるといい」

ガサリ、と一つ音がした。視線を転じると、そこには本来王都に――いや、フィスデイル王国にはいないはずの存在が立っていた。

「もう少し時間が掛かるかと思ったんだがなあ」

現れたのは、ベルファァ王国――そこでユキトと死闘を繰り広げ、滅びたはずのザインであった。

「俺がここにいることを不思議に思ったりはしないのか？」

「あなたは影を操り分身を作れる。最後の最後で身代わりを立てて逃げることくらいはできるんじゃないか……そう考えていただけさ」

「はっ、さすが聖剣使いサマは完璧だな。あらゆる可能性を考えてやがる」

「ここに来たのは、僕と話をするためだろう？　わざわざ僕に対してだけ気配を漂わせていたんだ」

――決闘の場で、裏方に徹していたカイはザインの気配を感じ取った。しかしそれはあまりにも微弱であり、魔神と化した存在とは思えぬほどだった。

「それほど弱ってなお、こちらに干渉しようとする……普通なら邪竜のいる場所へ逃げ帰るはず。それをしていないのは、あなたが邪竜に反旗《ひるがえ》を翻したから」

「ご名答。『黒の勇者』と戦った後、粛清《しゅくせい》され掛けたわけだが……どうにかして、逃げ延びた。体の内に残っていた魔神の力を使ってなあ」

「……邪竜から力をもらうことはできない。よって、僕らをたきつけて邪竜と戦わせ、どさくさに紛《まぎ》れて邪竜から力を奪おうとしているのか？」

硬質な声音による問い掛けに、ザインは口の端を歪《ゆが》ませ、笑った。

「さすがだな『白の勇者』。ああ、その通りだよ。まあ味方になろうってわけじゃない。単に情報を提供し、共闘しようって話だ」

「僕らがそれに従うとでも？」

「嫌だと思うならさっさと聖剣で俺を斬ればいい。ここまで接近していたら、俺が瀕死《ひんし》の状態であることはわかるはずだ」

――外見はカイが以前相まみえた時とそう変化はない。だが身の内にあるはずの魔力がほとんどない。カイの目には、体の内部がまるで空洞になっているように映る。

確かにザインの言う通り瀕死であるのは間違いなく、吹けば飛ぶような泡沫《うたかた》の存在と化している。だが彼は執念によって生きながらえている。カイとしては、そのしぶとさは警戒に値するが、

(全ては邪竜に復讐……いや、それだけじゃないな)

「あなたの憎悪はどこまで広がっている？」

問い掛けにザインはさらに口の端を歪ませた。

「それを聞いてどうする？　たとえどんな理由でこの場にいたとしても、俺達は本来相容《あいい》れない。最後の最後には争うだけだぞ？」

「……確かに、そうだな」

そこでカイは納得し、改めてザインへ問う。

「なら少しばかり話をしようか……とはいえ、そちらは交渉できるだけの何かがあるのかい？」

「なかったらここには来ていない……俺が持っている情報は二つ。邪竜の目的と、信奉者共の居所だ」

「……居所がわかるのか？」

「信奉者は同じ邪竜の力を所持しているため、おおよそどこにいるかの位置がつかめる。といっても奴らが感知できる距離は大したことはない。精々この王都から次の宿場町までくらいのものさ。だが俺の場合は違う」

「魔神の力が残っているため……」

「ご名答。体は空っぽに近いが、魔神を名乗っていた時の能力はまだ残っている。それを使えば、奴らの居所をあぶり出すことは造作もない」

「……グレンの居所もわかるのか？」

「グレン？　ああ、この国の大臣か……ヤツが裏切り者だったわけか」

「その辺りの事情は知らないのか」

「現場で汗を流す信奉者は俺を含め所詮邪竜の手駒だ。なおかつ、最重要情報は漏《も》れる危険性があるからな。だからこそ核心部分に触れる内容は知らされていない」

ザインは肩をすくめながらカイへ語る。

「残念ながらグレンの居所はわからない。というより邪竜の力を得た存在を感知できるが、それが誰なのかまではわからないからな。ただ」

「ただ？」

「奴らは現在、とある場所に集結している……そこにグレンがいる可能性は高そうだ」

（決戦準備をしているわけだ）

カイは胸中で納得し、ザインへ改めて告げる。

「なるほど、現状僕らは彼らを見つけ出せていない以上、非常に価値のある情報だ。けれど、時間を掛ければ辿《たど》り着ける可能性はある」

「確かにそうだな。ならもう一つの情報……邪竜の目的というのはどうだ？」

「目的？」

「ヤツは冥土《めいど》の土産とばかりにある事実を俺に提示した……目的を知れば、邪竜の狙いや次の動きもわかるんじゃねえか？」

「聖剣使いである僕を取り込み、天神と魔神を超える存在になる……じゃないのかい？」

問い掛けにザインは「ほう」と小さく呟《つぶや》いた。

「気付いているのか……まああんたを召喚したグレンが敵に寝返っていたということから、推測できなくもねえか」

「単に世界を支配するだけなら、僕らを召喚する必要性はないからね」

「そうだな……目的についてては推察できている。だが、具体的な手法についてはわかっていないだろ？」

カイはそこで訝《いぶか》しげな視線を送った。それに対しザインは笑みを消す。

「やっぱりな。最終的な目的はわかったとしても、やり方までは見当がついていない」

「……邪竜に粛清《しゅくせい》されようとした際に、それを知ったと？」

「ああそうだ。その辺りの情報を渡す……こちらの要求は大したものじゃない。俺の捜索をしているならそれを中断することと、潜伏する場所を攻撃しないでくれればいい。後は勝手にやらせてもらう」

「……どこに潜伏するかわからないけど、そこに魔物が現れるならば対処しなければならないよ？」

「残る魔神の力によって、魔物を除けることくらいはできるさ」

「なるほど。ならもう一つ……僕が情報を得てからあなたを滅ぼすとは考えないのかい？」

「その時はその時だ……が、聖剣使いであるあんたは俺を見逃す。そう考えたから俺はここで話をしている」

――カイはザインの指摘に沈黙する。

「あんたはたとえ敵だろうと交渉は必ず守る……加えて、俺が戦場を引っかき回すのであれば、邪竜を打倒する際の援護になるかもしれないと思うはずだ。まずは何より邪竜とその一派を倒すこと……次にどんな謀略が控えているかわからない。邪竜に勝てる可能性が少しでも上がるのなら、あんたは採用を検討する」

そこまで語るとザインは自身の胸に手を当てた。

「俺の方は無茶苦茶なやり方をしているが、邪竜ほど狡猾《こうかつ》じゃあない。むしろわかりやすい……最後に戦う相手に残ったとしても、邪竜よりは応じやすい……だろ？」

「やれやれ……たとえ邪竜から力を得たとしても、僕らに勝てるかどうかはわからないぞ？」

「そんなことは百も承知だ」

ザインの目には、強い意志が確かに存在していた。邪竜に対する復讐心と、あの存在を超えるために何でもする——そんな感情が渦巻いているのがわかる。

（邪竜を倒せば、いまだ支持する人間も鳴りを潜める……それに対し、彼を支持する人間はいないと言ってもいいし、与《くみ》しやすいのは事実だ）

「……いいだろう」

カイの返答にザインは再び笑った。

「なら、話をさせてもらうか。邪竜の目的はあんたがさっき言った通りで間違いない。だが問題は邪竜だ。ヤツは現在……人間の器を得ている」

「……何？」

「俺にその姿を見せた。特徴は……いや、これは実際の姿を見せる方が早いな」

そう述べるとザインは右手をかざした。

「俺の記憶にある姿を幻影として映し出す」

次の瞬間、ザインの記憶にある邪竜の姿――それがカイの目の前に現れた。それは紛《まぎ》れもなく人間の形をしており、

「あ……」

途端、カイは呻《うめ》いた。ただそれは人間の姿に驚いたというわけではない。

それを見た瞬間、カイはあることを思い出した――記憶が雪崩《なだ》れ込んでくる。膨大な情報が、頭の中に入ってくる。

最近感じていた、何かを忘れているという感覚。それと目前に存在する邪竜の姿。本来、何一つ関係がないはずだった。しかしカイは、

「……なるほど、そういうことか」

その呟《つぶや》きはあまりに小さく、ザインでも聞き取れるものではなかった。やがて彼は幻影を消し、改めてカイへと問い掛ける。

「人相を絵にでも描くか？」

「いや、必要ないよ。頭の中にあれば霊具で姿を象《かたど》れる」

「そうか」

「なら次は奴らの居場所だ」

「ああ、それは――」

ザインが簡潔に説明するとカイは「ありがとう」と礼を述べた。

「有益な情報だ……さて、本来なら話は終わって解散といったところだが、僕から一つ頼みがある」

「何？」

――カイがその内容を伝えると、ザインは訝《いぶか》しげな視線を投げる。

「何を考えている？」

「共闘するんだろう？　なら僕はあなたにそう行動してもらうのが望ましい」

「……なんだか、奇妙だな」

ザインはカイを見据える。身の内に残る魔神の力でも使い感情を読み取ったのか、

「さっきまでとは、別人のように見えるぞ？」

「あなたの意見は半分正解だよ」

返答にザインは眉をひそめた。だがカイは説明することなく、

「今日のところはこれで終わりにしよう。あまり僕が城外にいても怪しまれるからね。心配ない、事情はいずれ話すよ」

「……ああ、わかった」

ザインは返事をすると背を向けて姿を消す。彼がいなくなった後、カイは一度空を見上げた。

時刻は夕方で、いよいよ夜を迎える。カイは脳裏にこれまで見てきたこの世界の情景を思い浮かべた。城の上階から見える町並み、壮大な山脈、たくさんの星々。

それらを振り返りながらカイは視線を戻した。

「……まったく、邪竜はあまりに遠謀だな」

口の端に笑みを浮かべた。ただそれは今までと少し違う。もし仲間が見ていたのなら戸惑ったに違いない。なぜなら――

「でも、これではっきりした……なら、僕は――」

再び魔法を使って城へと戻る。部屋へと向かう中、カイは一つの決意を抱く。

その数日後――カイは、王城から姿を消した。

第十七章　戦場の華

カイが行方不明となった、という事実に王城内は大混乱に陥った。彼が影響を与えていたものは多い。ひとまずリュシルを始め国の重臣《じゅうしん》や来訪者が彼の抜けた穴を埋めるべく奔《ほん》走《そう》しながら、ユキトは彼がいなくなった理由を探りつつ捜索していた。

「少なくとも、町中《まちなか》にはいないな」

霊具による調査を終えると、ユキトはそう報告した。

そこは城内にある小さな会議室。この場にいるのはユキトに加えてセシルにリュシルと霊具作成者のイズミ。さらに仲間達の状況確認などを任せているメイの五人。ついでに言うとユキトの霊具であるディルもいて、大陸の地図が広げられたテーブルを囲み、話し合いを行っている。

「イズミの霊具による捜索範囲はかなり広く、ザインを捜索した際と同じくらいだ。よって、少なからずフィスデイル王国内はカバーできているはず……でも、見つからない」

カイの魔力を捕捉するための道具は、城内に彼の痕跡が多数あったため容易に作成することができた。もう少し霊具を改良すればさらに効果範囲を広げることはできる——のだが、

「どういう経緯でカイがいなくなったのかはわからない。自らの意志なら理由がわからないし、他者による介入なんてものは考えにくい。聖剣を所持するカイは目の前に敵が現れても対応するはずだ」

ユキトが話し続けていると、反応したのはセシル。

「城内にいたカイだけをピンポイントで連れ去るなんて、考えにくいわね。ともあれ、方法についてはわからないにしても城内は厳戒体制が敷かれたわ。同じような出来事が起こらないよう、処置は施してある」

「敵が何かしていたら、次は網に引っかかるかな？」

「相手の力量次第かもしれないけれど……」

「わかった。俺達も一層警戒しているし、協力して体制を維持しよう……とにかくカイを見つけ出さないと。町の状況とかは？」

「まだ外には知られていないわ。でも、次の決戦……それに際し情報共有は必要だから、各国にはリュシル様を通して通信魔法により敵の居所を含め伝えてある」

――カイがいなくなった次の日に、敵の居所が判明した。なぜ急に、と疑問に思うところだがカイがいなくなる直前、索敵《さくてき》を行うチームの元に情報が入った。怪しい場所があると。

その場所はフィスデイル王国の北。大陸北東に存在するマガルタ王国と、北西にあるローデシア王国に接する場所。

そこは盆地になっており、過去フィスディル王国は二国と戦争する場合、その場所にある小さな平原を戦場としていた。結果、血塗られた大地として現在ではどの国の領土にも入らない緩衝地帯として存在している。その平原に沿うように形成される山肌の一角に、廃城が存在しそこに多数の信奉者がいるのを確認した。

よって各国は現在、当該の場所へ攻撃を仕掛けるべく急ピッチで準備を始めているはずだった。

「他国にも動揺は走っているけれど、決戦に挑むべく準備は進める」

セシルは淡々と状況を語っていく。

「邪竜が次にどういった行動に移るのか……それがわからない以上、早急に手を打つべきだと各国も考えている」

「カイ抜きであっても、戦うんだな？」

「ええ、そうね」

頷《うなず》くセシル。抜けた穴は果てしなく大きいが――やるしかないと、ユキトは自らを鼓舞するように話を続ける。

「カイがいなくなった理由が邪竜側にあるとすれば、決戦の際に自《おの》ずと彼の元へ赴《おもむ》くことになる。邪竜の目的は、天神の力を取り込み超越者のような存在となろうとしていると推察していた……だとすれば、急がないと――」

「そうね。正直、間に合うのかもわからないけれど……」

セシルの苦々しい言葉。ユキトは最悪の事態を想像しながらもそれを否定するように、

「俺達は最善を尽くそう」

「ええ……」

「イズミ、仲間が持つ霊具の調整、改良は可能な限り進めてくれ。あと、カイを捜索する霊具についても、改善を頼む」

「わかった」

「メイは仲間達のケアを頼むよ。俺は正直、カイの捜索と他にやることがあって手が一杯だ」

「任せて……ユキトも無理はしないでね」

「わかってる」

頷くユキト。するとここでリュシルが口を開いた。

「……一つ、いいかしら？」

「どうしたんだ？」

「今後の戦いのことで言っておきたいことがあるの。次の戦い……各国は準備を進め、間違いなく大陸中の精鋭部隊が結集する。盤石《ばんじゃく》な布陣で戦うことになるけれど、場合によっては魔神クラスとの戦いが発生する危険性がある」

ユキトは彼女の指摘に頷いた――もしザインが手にしたような力を持つ信奉者がいた

ら、苦戦は免《まぬが》れない。

「確認だけれど、ユキト。次の戦いに来訪者はどれだけの人員を投入するの？」

「まだ決めあぐねているけど……カイのこともある以上、相当な人数は動員するぞ」

「そうよね……実は魔神に対抗するべく、カイから指示を受けて用意している策があるの」

「策？」

「ええ。元々はカイに頼まれ邪竜との決戦を想定して準備していた。ユキト達が鍛錬をする間に作業を進めていたけど、まだ時間が必要だった……けれどカイのことや、魔神級の敵が出現した事実を踏まえ、今回の戦いで使えるように準備を急ぐつもり。ただしそのために、来訪者から人員を貸して欲しい」

「他ならぬカイの指示なら、従うよ。具体的に誰を？」

「何人かいるけれど、特にツカサがいれば」

ツカサ——魔法を扱う仲間の中で間違いなくトップの力を持つ人物である。

「なら俺からツカサには伝えておくよ」

「本当ならツカサの力だって必要でしょうけれど」

「いや、王都を守る人員も必要だし、今回それをツカサに頼もうと思っていた……リュシルさんの言う通り、何が起こるかわからない戦いだ。策が使えるよう存分にやって欲しい」

「ええ、わかったわ」

リュシルは返事をする。カイがいないながら、準備は着々と進んでいった。

数日後、ユキト達は王都から出陣した。それは華々しく、かつこれまでと比べもっとも大規模なもの。街道がどうにか開通し、物資が十分手に入るようになったからこそできるようになった、これまでにない大部隊だった。

大通りに詰めかけた人々も、今まで以上の歓声で送り出している――ユキトは馬車の中でそうした人々を眺めていた。今回、敵に情報が知られるとまずいとのことで、来訪者の誰が出陣するのかは伏《ふ》せる方針だと人々に伝えていた。実際はカイが行方不明になったのを隠すためであり、歓声の端々から聞こえる「白の勇者」という言葉を聞き、ユキトはチクリと心が痛む。

「……見つかることを、祈りましょう」

セシルが言う。馬車に同乗するのは彼女に加えベルファ王国でも共に戦ったレオナとダイン。他の仲間達は別の馬車に乗っており、出陣する来訪者は半分以上。騎士団も精鋭部隊を惜しげもなく投入されている。

これはすなわち、今回の戦いをフィスデイル王国が一大決戦とみなしているということ。信奉者が集結している以上、今までと比べても激戦となることが予想され、もし敗北すれば――すなわち、それは邪竜の勝利に繋《つな》がる危険性が高い。

だからこそ、国は最大限の戦力で打って出た。可能な限り鍛練を繰り返し、ユキト達もまた強くなった。加え、大陸に存在する全ての国が今から向かう戦場へ集結する。

それはまさしく、邪竜本体との決戦に赴《おもむ》くような気配ですらあった。

「……セシル」

ユキトは窓の外から視線を外し、話し掛ける。

「今回の戦場について、改めて確認させて欲しい」

「ええ、わかった……場所はフィスデイル王国、マガルタ王国、そしてローデシア王国の三ヶ国が国境とする緩衝地帯、ジャレム平原。血塗られた大地と称されるほど、ここは三つの国が戦場としてきた。戦争の歴史が刻まれる場所になっている」

「歴史……」

レオナが小さく呟《つぶや》く。セシルは彼女を見返しながら、淡々と説明を続ける。

「現在は人が住むこともなく、荒野が広がっている……形状としては盆地に近く、四方を山に囲まれているわ。その山の一角に、廃城がある」

「それは信奉者達が建てたものか？」

「過去、戦争を行っていた際に建造された軍事用の砦《とりで》を再利用しているのではないかしら。あの周辺にはそうした拠点がいくつもあるから」

「なるほど……」

「廃城も当初魔法により遠隔から調べたけれど、発見できなかった……邪竜側はこちらの魔法をすり抜ける手段を確立していたことになる」

「でも、見つけ出した……」

「手に入れた情報とイズミが改良した霊具を用いて、捕捉に成功したようね。ただ敵は潜伏手段を考えても狡猾《こうかつ》になっている。こちらの動きはしっかり把握しているはずで、場所的にも奇襲は通じない」

「つまり、真正面から戦うしかないと」

「そうね。敵が拠点にしている山は木々が生い茂り、平原の反対側は断崖絶壁でそちらから入ることはできない。霊具使いなら浮遊系の魔法で行けるけれど、信奉者がいる場所へ少数で挑んでも勝てない。よって、平原に布陣して正攻法で叩《たた》くしかない」

「だからこそ今回、各国が結集しているわけだ」

　と、それはダインの発言だった。

「フィスデイル、シャディ、ベルファ、マガルタ、そしてローデシア……大陸に存在する五ヶ国全てが一致団結して戦うなんて、初めてじゃないか？」

「そうね。ここまで数ヶ国による共同作戦はあったけれど、一つの場所に全ての国が集結して戦うのは史上初。最大の問題は連携。ユキト達はシャディ王国やベルファ王国と縁があるからどうにかなるけれど……」

「マガルタ王国の重鎮とも会っているけれど、共に戦ったわけじゃないからな……その辺りは現地に行って話し合うしかなさそうだ」

——国の数も最多かつ、人数も大規模。果たして連携が取れるのか。なおかつ、それぞれの国に利害はあるはずで、政治的な面でも問題は生じないのか。

様々な疑問がユキトの頭をよぎる中、セシルは話を進める。

「今回の戦い、カイがいなくなるという不測の事態が発生した中で行われる。懸念はあるけれど、鍛錬の成果を存分に発揮して勝利したいわね」

「そうだな。リュシルさんはカイがいなくなった穴を埋めるため策を準備している……それらが実を結んで欲しいな」

——けれど、どこまで準備しても彼のいなくなった穴を埋めるのは難しく、また同時に心配も尽きなかった。敵の計略によって姿を消してしまったのなら、彼は現在どうなっているのか。

ユキトが言葉にせずとも、雰囲気で何を考えているのか伝わったのだろう。車内にいる面々は沈黙し、重苦しい空気に包まれようとしていた。

一方で外からは勝利を願う声が聞こえてくる。ユキトはそれに手を振り返すこともできないが、窓の外を見やり、

「……人々を守るために、絶対に勝たないと」

「ええ」

セシルが相づちを打った直後、いよいよ馬車は街道に出た。そこから北へ進路を向け走り始める。

「今回は結構長旅になるのか？」

「道のりとしては、それほど遠くない……シャディ王国へ赴《おもむ》いた時と比べれば。ジャレム平原には、国が管理している坑道があるの。馬車も通れるくらいに大きいものだから、平原に到達することは簡単にできるわ」

「坑道……」

「そうだ」

ユキトの呟《つぶや》きに対し、セシルではなくダインが返事をした。

「もしあの平原を拠点にできれば、隣接する二つの国への侵攻が容易になる……フィスデイル王国は防衛的な観点からも平原へ続く道を整備しなければならなかった」

「だからこそ、道を作ったということなのよ」

セシルが続いて解説を行い、次に声を上げたのは――レオナだった。

「ダインもずいぶんと詳しいね」

その言葉にダインは彼女を見返し、

「フィスデイル王国の歴史を学ぶ上で、結構重要な場所だからな。俺は商人から歴史を教わっていたため知っているが……幼少の頃より学校に通っていた子供なら、誰でも知っているくらいの知識だ」

「歴史の授業で習うってこと？」

「そうだ。血塗られた大地……そう称されるほどに、あの場所で数え切れないほどの戦いが行われ、だからこそ整備が進んだ。一年中戦争している時期もあったため、兵站《へいたん》の確保などを含めあの場所には様々な道が存在しているらしい」

「それだけの価値があったんだね」

レオナの言葉にダインは頷《うなず》き、すると今度はセシルが説明を加える。

「だからこそ、あの場所には秘匿《ひとく》された坑道や山道がある……今は戦争もなくなって使われなくなったけれど……」

「でも、そういう場所に信奉者が潜伏しているのは……」

「グレン大臣……いえ、反逆者グレンなら、隠された道についての情報を保有しているのは当然。ジャレム平原を拠点として『魔神の巣』が大量に生まれたら……」

「大陸各地に魔物を一気に向かわせることだってできる……ってことだね」

「そうね。まだ敵は平原の外へ出ていないけれど放置すれば、あの場所は天然の要塞《ようさい》となる」

セシルがそこまで語ると、ユキトはこの戦いの重要性を改めて理解し、仲間へ告げた。

「カイがいなくなった原因が信奉者やグレンのせいではなかったとしても、いないことはすぐに察するはずだ。最大の問題は士気。カイがいなくなって奮起するのか、それとも意気消沈するのか……セシル、どう思う？」

「各国はちゃんと動揺しないように対策はしているはずよ。その中でフィスデイル王国については……」

「何か手はあるのか？」

「騎士エルトはなんとかすると言っていたわ。それと、メイからある相談を受けた」

「メイ？」

彼女が何かをするとしたら、アイドル活動のことだろうか――とユキトが予想していたら、

「メイの霊具は成長したことによって、歌声に魔力を乗せることが可能になった。それを利用して味方を強くすることができる……もし戦場全体に影響を与えられたら、その効果は天級《てんきゅう》霊具にも引けを取らない」

「確かに、戦局どころか戦争そのものを大きく変えられる力であるのは間違いないな」

「ええ、メイはその力を戦う前に……歌を披露することで、果たそうと考えているみたいなの」

「……味方の強化と士気高揚の両方を兼ねるわけか。理に適《かな》ってはいるけど、そんな余裕はあるのか？」

ユキトの疑問に対しセシルは「わからない」と首を振る。

「本人はやる気みたいだけど」

「メイの能力は支援を受ける人が増えれば増えるほど強力になる以上、やっておいて損はないし……仲間と相談して、実現したいところだな」

ユキトの言葉にセシルは頷《うなず》き、会話は一区切りとなった。馬車の中は沈黙が流れ、その中でユキトは思案する。

現状の戦力分析――決戦に際し、勝てるのかどうか。

（まず、五ヶ国が結託した事実……セシルによれば前例がない。それぞれの国には思惑もある……けど、信奉者を打倒するという点では一致している。内通者がいるという可能性は否定できないけど、各国の部隊がまるごと裏切るようなことはないはず……まさしく、人類の精鋭が結集していると考えていい）

マガルタ王国は人間に加え竜族もいる。まさしく大勝負を打てるだけの戦力であるのは間違いない。

（ただ……最大の問題は五ヶ国の部隊を誰が指揮するのか、だ）

現状はそれぞれの国が独立して動くという算段になっていた。独断で先行するといった真似《まね》はしないにしても、足並みが乱れる危険性はある。

（でも、総司令として全軍を指揮できる能力を持っているのは……カイだけだっただろうし、これはどうしようもないか）

以前カイは、聖剣所持者でも大陸全ての国家を束《たば》ねるのは難しいと言っていたが、それでもまとめ上げるだけの条件を持つのはカイだけだとユキトは認識していた。

（残る候補としてはリュシルさん……だけど、切り札の準備のためにフィスデイル王国にいる。現状、まとめることのできる人間はいない）

問題は山積みであり、不安がどこまでも残る。だが、

（それでも……やるしかない）

勝たなければいけない――心の内で呟《つぶや》くと、ユキトは馬車の中で体に力を入れ、決意をみなぎらせたのだった。

遠征は妨害もなく気味が悪いほど予定通りに進み、ジャレム平原へと到達した。そこは既に本陣が用意されており、なおかつ大軍勢が平原に集結していた。
そして肝心の敵は――本陣から見て北側、真正面に存在する山の中腹に、それはあった。木々に囲まれたその外観は白い城だが、遠目から見てもわかるほど汚れており、長年放置されてきた雰囲気が見て取れる。

そして周囲には魔物の姿がない。布陣する大軍勢の様子を見るべく悪魔などが空にいてもおかしくないのだが、それすらない。

「肉眼で見るだけでは、あの城には誰もいないように思えるな」

ユキトは馬車を降りながら呟《つぶや》く。口ではそう告げても、あの場所に敵がいると確信できた。その理由は、距離がある今でもわかる――明らかに、異質な魔力がわだかまっている。

「セシル、まずは何をする？」

「まずは本陣で各国の代表者と顔合わせをしましょう。レオナとダインは、フィスデイル王国の陣地へ向かって」

セシルが先導する形で本陣の中へ。仲間達は彼女の指示通りフィスデイル王国軍が駐屯《ちゅうとん》する場所へ向かう。

一方でユキトとセシル、そしてもう一人――ジーク王の側近であり、今回フィスデイル王国軍を指揮する騎士エルトは、話を聞くために動き出す。

フィスデイル王国の騎士服姿ということで、ここにいる騎士や兵士から注目の的となる。セシルは司令部がどこにあるのか騎士へ尋ね、場所を確認して歩を進める。やがてユキト達は一際大きい天幕へ辿《たど》り着いた。

「入るわ」

セシルが告げて中へ――その直後、彼女は息を飲んだ。

「どうし――」

ユキトが問い掛けようとした矢先、原因を理解する。司令部――中にいたのは、想像を超える面々であったためだ。

「到着しましたね」

最初に口を開いたのは、シャディ王国で顔を合わせた王女――ナディであった。彼女と視線を重ねたセシルは立ち止まり、続いて騎士エルトもその顔を見ると小さく驚いた。

「王女自らがご出陣ですか」

「決戦なのです、当然のことでしょう？」

「――本来、王族が出るべきでないのはわかっています」

次に口を開いたのは、ベルファ王国の王女、シェリスだった。

「しかし、この戦いこそ邪竜を追い詰める最大の好機……である以上、はせ参じるのは当然のことでは？」

「それだけ、この戦いに重きを置いているというわけだ」

次に述べたのは、ユキトが以前顔を合わせたマガルタ王国所属の竜族、ラオドだった。立ち振る舞いに変化はないが、戦場であるため漆黒《しっこく》の鎧《よろい》を身にまとっている。

「あなたも今回――」

「ああ。実を言うと以前から話はあったんだ。次の決戦、マガルタ王国が出陣する場合は私が出る。そこに加えてユキト君と話をする機会に恵まれ、これは自分以外にないだろうと考えて今回はせ参じた」

「——彼は軍事においてマガルタ王国の重鎮だからな」

そう口を開いたのは、金髪の男性。精悍《せいかん》な印象を与える男性であり、身長も高く体格も良い。黒い瞳はユキト達を射抜き——ユキトはなんとなく、カイを見ているような印象を抱いた。

「まずは黒の勇者に挨拶《あいさつ》を」

彼はユキトと視線を交わしながら口を開いた。

「ローデシア王国第二王子、レヴィン＝ファイデル＝ローデシアだ。今回ローデシア王国軍の指揮官にして霊具使いということで、参戦する」

「よろしく、お願いします」

「畏《かしこ》まらなくてもいい。ここに集った五ヶ国の代表は身分も異なるが……対等な立場だ。ここは一つ、堅苦しい言葉遣いはナシにしようじゃないか」

「お前が仕切るのか」

と、ラオドは腕組みをしながら声を掛ける。それにレヴィンは、

「俺でなければラオドでも構わないが？」

「いや、そういうのは苦手だからパスするわ。というわけでナディ王女、シェリス王女、

よろしく頼むぞ」

「……調子が狂いますね」

と、苦笑するようにシェリスが言うと、ナディは肩をすくめ、公的ではなく普段のような口調でレヴィンへ話し掛けた。

「まったく……ま、いいわ。ならレヴィン、お手並み拝見といこうかな？」

「頑張らせてもらうさ……そちらはいいのか？」

レヴィンは次にユキト達に話を向ける。エルトが代表し幾度か頷《うなず》くと、レヴィンは苦笑した。

「騎士二人も、この場では普段の態度でいいぞ」

「さすがにそこまでは……」

「ははは、そうか。ま、無理に強制することもない。この場でなら自由にやってくれ……さて、本題に入るとしようか。この戦い、本来ならば『白の勇者』が陣頭に立つことになっていただろう」

ユキトを含め他の者達は一斉に頷く。

「だが、彼は行方不明となった……敵の策略か予期せぬ出来事に巻き込まれたか……ともあれ、不在の中で戦わなければならない」

ここでレヴィンはエルトへ目を向ける。

「フィスデイル王国の総指揮は騎士エルトがやるのか？」

「はい、どこまで応じられるかわかりませんが、迷宮突破の功績などを考慮し、私が行う形となりました」

「そうか……霊具は他者の姿を真似《まね》るものだったな？　例えば勇者カイのフリをして活動するという作戦でも考えたか？」

「カイ様がいなくなった原因が敵になかったとしても、既に気付いていることでしょう。それに、姿を真似るだけで代わりは務まりません」

「ああ、そうだな。よって、この戦いに聖剣使いは参陣しない……公的には迷宮攻略の際に負傷したということにしてある」

――実際はまだ迷宮には足を踏み入れていないが、それがカイがいない理由としてはベストだろうとユキトも感じた。

「ここに来るまでに既に打ち合わせはしているが、五ヶ国の軍勢が一堂に会し戦うなどというのは前例がないため、足並みを揃《そろ》えようとしてもおそらく無理だ。よって、役割を決めて後は戦いの流れ次第で動くという形になる」

そこまで言うとレヴィンは自信に満ちた笑みを浮かべた。

「先陣を切るのは俺達ローデシア王国だ。その両翼に援護としてフィスデイル王国とマガルタ王国を配置したい。シャディ王国とベルファ王国は、双方とも本陣を守るなど後方支援を頼む」

「そう提案する根拠は何？」

ナディが疑問を寄せる。それにレヴィンは、

「何より人数的な意味合いだ。ローデシア王国は過去、このジャレム平原を得るべく作戦を推し進めてきた経緯があり、それにより道なども整備されている。兵站《へいたん》の確保も容易に済ませ、援軍が来る手はずも整っている」

「一番準備ができている、と言いたいわけか」

「その通りだ。それに、一番軍が傷ついていないのはローデシア王国だという点もある。フィスデイル王国はそれこそ邪竜の侵攻を受けて兵力を減らしている。マガルタ王国も竜族が信奉者となったことで、少なからず痛手を被《こうむ》っていると聞いている」

ユキトは初耳だった。驚いているとラオドはやや不服そうな表情と共に小さく頷《うなず》いた。

「どこで知った？」

「まあ色々と」

「まったく、油断も隙《すき》もないな……ああ、それは紛《まぎ》れもない事実だ。こちらも国内で混乱があるし、部隊に影響が残っている。で、五ヶ国の中でローデシアが矢面《やおもて》に立てるだけの戦力を維持している、と？」

「俺達も信奉者の攻撃や『魔神の巣』による混乱などで疲弊はしている。だが、シャディ

王国のように身内に裏切り者が出たとか、あるいはベルファ王国のように天級霊具使いが再起不能になったわけではない。よって五ヶ国の中で一番、信奉者達に最大限応じることができるという考えだ」

（情報は、完璧に収集しているのか……）

ローデシア王国は、この決戦に際し可能な限り各国の情勢を調べ上げたのだろう。その結果、自分達が先頭に立つべきだと判断した。

「ああ、先に言っておくが」

ユキトが思考する間にレヴィンはなおも発言する。

「別にこの戦いで活躍して今後の政争を有利にするとか、そういう意味合いはない。王位を継承する兄貴ならそんな風に考えたかもしれないが、俺は単純に戦力的な意味合いで前に出るのがいいだろうと考えたまでだ」

「……兵は納得しているのか？」

ここでユキトが尋ねた。するとレヴィンは視線を向けながら、返答する。

「ああ、もちろん。これまでの戦い……ベルファ王国とシャディ王国の戦いでは、来訪者達の活躍が目立ち、その情報は俺達にも届いた。しかし、今回は聖剣使いがいないことを含め、この世界の人間が奮い立たなければならない……そう考えただけだ」

「……わかった」

「俺達が前に出る、ということでいいな？」

確認の問い掛けに否定する者はいなかった。

「よし、なら次だ。来訪者達の動きだが、これはフィスデイル王国の部隊と一緒に行動してもらって構わない。ただ全員ではなく、後方支援も必要だ」

「そこは問題ありません」

レヴィンに答えたのは、セシルだった。

「既に来訪者の皆様については動きを決定しています。本陣防衛の方も選定済みです」

「わかった。そちらの決定に従おう……それと騎士セシル。リュシルは計略のために不在と聞いているが……その策の準備が整い次第、ここへ来るのか？」

「そのように聞いています」

「どのような策なのか知っているのか？」

「この戦いの切り札になるかもしれない、とだけ。ただ時間を要すると」

「では、戦いが終わる方が早いかもしれないと」

「――短時間で勝負がつくなら、どちらにせよ不要だ」

ここでラオドが横から話に入り込んでくる。

「私達が短時間で勝利できるなら、そもそも切り札は必要ない。もし逆ならば……切り札を使用したとしても、勝てない相手だったということだ。しかし」

ラオドはユキトへ目を向ける。

「勝つために可能な限り準備をしてきた……そうだな？」

「はい」

それだけは決然とユキトは答え、レヴィンへ問い掛ける。

「来訪者である俺達は、最善を尽くすことを約束する……それで、敵の状況は？」

「敵の動きはないが、城の周辺からは見えていないながら魔物の気配がしている。つまり、どこかに潜ませているのだろう」

レヴィンはそう答えると、城のある方角へ視線をやった。

「地中に仕込みでもしているか、それとも山へと続く手前の森に待機させているか……どちらにせよ魔物はいる。だからこそ、常に警戒しなければならない。そして、城への攻撃だが……」

ここでレヴィンの視線はシェリスへ向けられる。

「ベルファ王国の部隊が城の周辺を分析している……シェリス、どうだ？」

「ここで話し合いを始める前に結果は出ました。城を囲むように、魔力を遮断する結界が形成されているようです」

「魔力だけを？」

「人間や擬似的に肉体を持つ魔物などは通しますが、魔法攻撃については通さないよう処置を施しています」

「結界の破壊は可能か?」

「大地の霊脈を活用した魔法のようなので、分析をしなければ難しいと思います」

「つまり、城を制圧するには木々の生い茂る山へ入らないと無理ってことか」

「はい……魔法だけを遮断していることから、敵側も魔物や悪魔をけしかけることは可能で、遠距離攻撃だけを防いでいる」

「ちなみにだが、破壊する場合どのくらい時間が掛かる?」

「間もなく戦いが始まることを思えば、それまでに間に合わせるのは無理でしょう。けれど、解析は進めます」

「わかった。後は『魔神の巣』についてだが、どこにある?」

「城の周辺、左右に巣が一つずつ。廃城は結界により判然としないところはありますが、魔力量から考えて一つ以上は存在するかと」

「ならば明日はまず、外にある巣を破壊すべく攻撃を仕掛ける……布陣は先ほど話した通りにして、敵の出方次第で動き方も変える、でいいか?」

問い掛けに全員無言で頷《うなず》くと、レヴィンはさらに話を進め、各国の軍がどう立ち回るのか説明した後、まとめに入った。

「勇者カイがいないことで不安もあるが、この場には大陸内に存在する全ての国家の代表がいる。集った奇跡を胸に、勝利するため尽力しよう……作戦会議は終わりだが、他に何か言いたい者はいるか？」

「なら、こちらから一つ」

小さく手を上げながら、ユキトが発言した。

「仲間の一人に、声を通して味方を強化する霊具使いがいる」

「メイ様ですね」

シェリスが発言。彼女は効果を受けた経験があるため、すぐに答えを出せた。

「あの御方《おかた》の力によって、味方の強化を？」

「魔物がいる中、ということで危険ではあるけど……」

「良いと思います。それに、決戦の前に戦力を強化できることは非常に大きい」

「なら明日、早朝にでもやるとメイには伝えるよ」

「何が起こるんだ？」

問い掛けたのはラオド。ナディやレヴィンもまた眉をひそめる中で、ユキトは笑みを見せながら、

「明日になってのお楽しみ……ということで」

そう答えたのだった。

――ジャレム平原に着いた日は、フィスデイル王国軍も陣地を形成し、ユキト達は用意された天幕の中で休んだ。敵の奇襲一つなく、眠ることができた。

翌日、ユキトは支度を済ませ黒衣を身にまとい天幕を出ると、メイの策が準備中であるのをすぐに理解した。なぜならこの戦場に似つかわしくない――大工仕事を行っているようなトンカンという音が響いていたためだ。

そこは、本陣手前。またずいぶんと大胆な場所に、とユキトは思いながらその場所へ近寄った。

「急造でも、様になっているじゃないか」

「そりゃあ、気合いを入れないとね」

その場にいたのは複数の仲間と、メイ。彼女はいつの間に用意していたのか、騎士服ではなくステージ衣装に身を包んでいた。そしてフィスデイル王国の騎士や兵士の手によってあるものが作成されていた。

それは――言うなれば、円形のステージ。演説などにも使えるような、木製の舞台である。

「アイドルとして、初めての仕事だね」

「本当なら、もっと平和な舞台でやりたかったんじゃないか？」

ユキトはそんな疑問を寄せながら敵城を見据える。

「敵がいつ来るかわからないような戦場で……」

「何言ってるの。求められればどんな場所でも歌う。それがアイドルだよ」

けれどメイはずいぶんと明るかった。それどころか、大仕事を前にして高揚している様子だった。

「それに、見て。これだけの人を前にして歌を披露できるんだから、私にとっては最高だよ。まあ、最大の目的は歌を通して皆を強くすることだけど」

「……メイとしては納得しているのか？」

「歌を聴いてもらう目的……趣旨が違うことに、不満を持っているかもって思った？」

「そうだな。その、邪竜という存在を相手に戦争をしているわけだから、一から十まで望んだ形にはできないけど……なんというか、求めていたもの、想像していたものと違うことで不満とか出たりしないのかと」

「ユキトはなんだかアイドルのイメージが固定化されているっぽいね」

「……そうか？」

「心配してくれてありがとう。でも私は大丈夫……それに、形は違えど求められているのは間違いないし、こう考えることもできる」

そこでメイは満面に笑みを浮かべる。

「ここにいる人達は、戦うためにきた。私に興味のない人、何をするのかと首を傾《かし》げる人ばかりなのは間違いないけど、そういった人達に興味を持ってもらう……ここで評判がよければ、それこそ大陸中に私のことが知れ渡る。最高じゃない？」

「……言われてみれば、そうかもしれないな」

「場合によってはカイやユキトより有名になるかもしれないね」

「かもな」

ユキトが同意した時、作業が一段落したのか息をつく仲間の姿があった。

「よし、これで一通り終わったぞ」

「ん、ありがとうソウタ」

メイが礼を述べると相手――ソウタは「どういたしまして」と律儀に返答した。

彼はシャディ王国での戦いでユキトと共に戦っていたタクマと同様、クラスの中でムードメーカー的な役割を果たす男子だった。所持している霊具は『風帝玉《ふうていぎょく》』という風の魔法を操る宝玉であり、前衛でも後衛でも立ち回ることができる。

やや髪がボサボサなのはくせっ毛だからで、ヘアスタイルに悩んでいる――と、ユキトはこの世界で共に生活していて耳にしたことがあった。

「ソウタが作業に参加していたのは理由があるのか？」

何気なくユキトが尋ねるとソウタは小さく首を振る。

「いや、単に面白そうだから首を突っ込んだだけ」

「それで舞台設置の手伝いをしているのか……」

「体を動かしていた方が、気が紛《まぎ》れるのもあるな」

「……そうか」

カイがいなくなった影響だろうとユキトは推測する。

仲間達は霊具の効果によってカイがいなくなっても見かけ上は平静だ。だが、誰もが内心穏やかではないのは確かであった。

無論、この間にもカイが見つかって戦場に駆けつけてくる可能性はある。フィスデイル王国に残してきた仲間の中には、カイの捜索を担う者も含まれている。もし見つけたらすぐさま連絡が来るよう手はずは整えており、こうして作業をしている間にも報告が来るかもしれない。

ただ――そんな淡い希望が叶《かな》う可能性はないだろうという確信に近い予感もあった。だからユキトはならばと心の中で奮い立つ。

（代わりにはなれない……でも、自分にできる限りのことをするんだ）

胸中で呟《つぶや》く間に、メイが舞台に上がる。周囲には人だかりが生まれ始めており、なおかつ来訪者の一人が何かをする、ということで遠巻きながら興味本位に視線を向けてくる騎士の姿もあった。

メイがいよいよ始める――という段階となってユキトの横にセシルがやってきた。さらにレオナやダインも姿を現し、舞台に上がったメイを見据える。

そして、

『――あー、あー、聞こえてますか？』

マイクテストをするようにメイの声が響いた。声を魔法で増幅させて拡声器のような効果を持たせている。

『えっと、私は来訪者のメイ＝ミヤナガです。私の霊具……声によって皆さんを強化する、という能力を使うために今、この舞台に上がっています』

まずは簡潔な事情説明。それを聞いて興味を示す騎士も幾ばくか増えた。

『今回の戦い……重要な戦いかつ、五ヶ国が結集することになった一大決戦……不安に思う人もいるでしょうし、緊張している人もいるでしょう。それをほぐし、また皆さんが戦い抜けるよう祈りつつ、歌を捧《ささ》げたいと思います』

舞台は静寂に包まれた。気付けばユキトの周辺には同行する全ての仲間がいて、本陣中央に位置する天幕の中からは、シェリスやナディも姿を現した。

メイが大きく息を吸い込む。始まる――と思った矢先、彼女の魔力を乗せた声が、響き渡った。

次の瞬間、彼女の透き通った声が戦場となる平原を一挙に満たした。魔法によって響く声は、耳に入れた者から動きを止め、声の主であるメイへと視線を移す――何事かと天幕から外へ出る魔法使いの姿も視界の端に映った。

そしてユキトは、メイの声を聞きながらその曲が聞き慣れないものであると理解する。なおかつ、発する言語も日本語のそれではない。つまり、

「セシル、これはこの世界の歌なのか？」

「え、ええ……」

目を丸くしながら答えるセシル。その横でダインはメイの歌に聴き入っている。

「この曲は……そうね、聖歌の一種かしら」

「聖歌？」

「元々教会などで歌われていた曲が、いつしか人々に広まり、大陸で知らない人はいないくらい有名なものになった……教義などに使われる目的で作成されたものだから、歌詞もかなり硬かったはずだけど、人々の間で広まったことでアレンジされて、希望を歌う曲になった」

「……メイの言葉は聴き取れるよな？」

「こちらの世界の言葉……ユキト達は召喚された際の補正によって言葉が通じる。歌だって聴き取ることができるはず。でも、メイはこの世界の言語で……」

「練習したってことだろうな。それこそ、歌を知って密《ひそ》かに、誰にも迷惑を掛けない場所で」

──普通に考えれば、ベルファ王国から帰還して時間があったので練習したと考えるのが筋だが、だとしても決して暇などではなかった。むしろメイは城内でも動き回ってい

た。それは自分のアイドル活動を成功させるという意味合いもあっただろうし、また同時に後方支援役としての責務を全うするためでもあった。

（確保できる時間はそう多くなかったはずだけど……彼女はやり遂げた）

アイドル活動をやっていくと決めた時から目を付けていた歌に違いなかった。そして誰にも見咎《みとが》められない所で練習を繰り返し、とうとう披露する機会に恵まれた。

その結果は、周囲の人々を見れば明瞭にわかった。ユキトにとっては聴いたことがない歌であるため、原曲と比べてどうとかはわからない。けれど、平原にいる騎士や兵士の表情から、心を打たれたのは間違いない。

それはどうやら王女や王子達も同じであり――刹那、一際高くメイが声を発した時、周囲に魔力が溢《あふ》れ、それが風と共に駆け抜けた。

霊具としての効果が発動し、ユキトは身の内に高揚感を抱く。騎士や兵士がざわつき始め、仲間達もまた自分の体を確かめるように手や体を見る。

艶《つや》やかで荘厳な歌声がメイから放たれ――短い時間で歌い終えると、一時平原は静寂に包まれた。

大丈夫か、とユキトが心の中で呟《つぶや》いた直後、誰かが手を打って拍手をした。同時、陣地の至る所で拍手が湧き上がり始め――王族もまた、メイへと拍手を送った。

『ありがとうございまーす』

と、軽い調子のメイの言葉に騎士からは歓声が上がった。その光景はここが戦場になる場所だと忘れてしまうほどであった。

「アイドルとして、さらに磨きがかかったね」

と、レオナが言う。ユキトはそれに同意するように、

「確かに、この世界で……たった一人、アイドルとして人々を励まそうとしているんだ。元の世界でアイドル活動していた時よりも精力的だし、決意もあるから成長しているってことだよな……」

「アイドルとして、か。元の世界に戻ったなら、どうなっちゃうのかな？」

「医者を目指しているみたいな発言もあったし、かといってここまで人を惹《ひ》きつける力があるんだから……ま、ここはメイの決断次第だな」

　そもそも、元の世界に帰るのかどうかも――ユキトが内心で考える間にもメイは人々の歓声に手を振り応えつつ、次の曲へと移るべく準備を始める。

　ここで、女性騎士の一人が姿を現して、一礼してから舞台に上がった。ギターのようなものを肩から提げている。

「……伴奏？」

「そのようね」

　セシルが声を発した直後、女性騎士は楽器をかき鳴らし始めた。それに合わせてメイは

再び歌い始め——今度の楽曲は、ユキトが知る元の世界の歌だった。

本来は豪華なバックサウンドと共に歌われる明るい曲だが、さすがに演奏までは用意できないので実質ギターの音色と共に歌うような形。だが、それだけでもこの曲の魅力と彼女の存在感を際立たせるには十分だった。

霊具の効果によって体にさらなる高揚感が生まれる。下手すれば熱狂した騎士達が騒ぎ始めてもおかしくないが、そうはならず歓声が湧き起こるだけに留《とど》まった。その辺りも計算されて霊具の能力を活用しているはずだが、

（色んな要素を考慮して、この舞台ができあがっているんだな……）

ユキトはメイが元の世界でアイドル活動していた光景を思い出す。テレビで華やかに動き回っている裏には数え切れない人々の仕事と、彼女の努力があるはずで——形は違えど、メイはこの世界であの華やかな世界を再現した。しかも、彼女自身が先頭に立って。

その不断の努力にユキトが身震いさえ感じているうちに、二曲目が終わった。騎士達の拍手は鳴りやまず、王女や王子も彼女に見入っていた。

「大成功、だな」

「そうね」

ユキトの呟《つぶや》きにセシルが同意した——その直後のことだった。

メイが女騎士へ目配せし次の曲へ入ろうとした時、馬が本陣へ向け駆けていった。ただ

ならぬ気配にメイも一度そちらへ視線をやり、観客である騎士達にも緊張が走る。

本陣にいる王女達が何か報告を受け――その中にいるレヴィンが口を開いた。

「来訪者メイ、申し訳ないがひとまずここまでだ。魔物が森の奥から進軍し、平原へと迫ってきている」

王女二人とラオドは即座に騎士達へ指示を出し始める。盛り上がっていた観客の騎士達も、敵の襲来に表情を引き締める。

『――わかりました』

いまだ拡声した状態でメイは応じると、観客に向かいこう述べた。

『では、次の公演は――やりきれなかったことは、この戦いが終わってからにしましょう！』

その言葉と同時、歓声が最後に響くと弾かれたように騎士達が動き始めた。

ユキトやセシルもまた陣地へ戻るべく歩き始める。

「セシル、準備は？」

「できている……ひとまず先陣を切るのはローデシア王国だから、私達は後を追う形になるわね」

会話の間にメイが舞台から下りた。ユキトが目配せすると彼女は頷《うなず》き、他の仲間と共に自分達の陣地へ足を向けた。

魔物は森の中から少しずつ、平原へ湧き出るように出現し始め、次第に森を守るように埋め尽くし始めた。多種多様な見た目の魔物達だが、その中において一際魔力の濃い存在——悪魔の姿も散見される。

「とうとう悪魔が雑兵みたいになり始めたな……」

ユキトが呟《つぶや》く間にも、さらに森から悪魔の姿が。敵も準備が終わっているということか。これだけの戦力を投入する以上、城には信奉者が複数いるとみて間違いなさそうだった。

「セシル、ローデシア王国の軍についてだけど……」

「今回王子と帯同しているのは精鋭部隊ね。霊具使いだって相当数いるはずだけれど、どうなるか……」

ここで、鬨《とき》の声が湧き上がった。ローデシア王国の軍勢からだとユキトが認識すると同時、ゆっくりと動き出した。

かの国の装備は白で統一されており、太陽光に反射して輝いて見えた。それに合わせてフィスデイル王国とマガルタ王国の軍勢が動き始める。

ユキト達はローデシア王国から見て右後方を陣取っており、いつでも援護に回れる形になっている。そして左にはマガルタ王国の軍勢——その装備は黒一色であり、ローデシア王国との対比でずいぶんと異様に映る。

「気になるのかしら？」

ふいにセシルが発言。ユキトは正直に頷《うなず》き、

「軍の特性は各国によって特色があるよな？」

「そうね。ローデシア王国は人口も多いから霊具所持者も多く、騎士団の規模も他国と比べ大きい……さすがに特級以上の霊具を持っている人は限定されるけれど、多数の霊具を同時運用し攻撃するなど、組織的な戦い方を得意としている」

「こういった戦いでは、相当心強いな」

「ええ、違いないわね……一方でマガルタ王国については、竜族を中心に据えているため、個人個人の能力が非常に高いわね。一方で人数はローデシア王国と比べれば少ない」

「俺はラオドさんから手ほどきを受けたことがあるからわかるけど、人間と比べて遙《はる》かに強い力を持っているよな」

「──改めて訊《き》くけどさ」

と、後方で会話を聞いていたレオナが声を上げた。

「竜族って、どういう存在なの？」

「まず竜、というのはあなた達も持っているイメージ通りね。あなた達の世界では竜という存在が空想上らしいけれど……見た目もそれに近しいものだと考えていいわ。ただ、竜族というのは想像する大きい竜とは少し違う」

ここでセシルは真っ黒に武装しているマガルタ王国の騎士達へ目を向けた。

「端的に言えば、竜から血をもらった存在……だから元々人間ではあるの」

「血をもらったって……どういう経緯で？」

「この大陸における私達人間の祖先は、海を渡ってきたと言われている。沿岸部から開拓を始め、大陸各地に町を築き……その一方で、現在マガルタ王国のある場所には竜が元々暮らしていた。天神や魔神も存在し、人々は彼らを信仰し暮らしていたのだけれど、マガルタ王国ができる場所を訪れた人々は、竜を信仰の対象とした」

「なるほど、とんでもない存在だから恐れ敬《うやま》ったと」

「ええ……竜は元々、人間が繁栄するより前から存在し、天神や魔神と世界の覇権を争っていたらしい……のだけれど、それに負けて世界各地に少数生き残るくらいになってしまった。人間が到達し遭遇した竜もまた単独で、緩やかな死を待つだけだった」

「でも、それを人間が変えた？」

今度はユキトからの疑問。セシルはそれに首肯し、

「そう。人々が訪れた時、竜はもう長くなかったけれど……最後に信仰の対象となったことで、人々に礼を渡した。それが自身の血。結果、信仰していた者達は竜族として……言わば竜と人を融合した存在となって、国を興《おこ》しマガルタ王国が生まれた」

「なるほど……でもその大きな力は――」

「ええ、他国に牙《きば》を剥《む》く時もあった。もっとも標的とされていたのがローデシア王国。シャディ王国は交易などによってあの手この手で戦争を回避したのに対し、ローデシア王国は真っ向から対峙《たいじ》した。だから両国は元々敵同士なのだけれど」

「今回は手を組んだ」

「レヴィン王子は、マガルタ王国とも繋《つな》がりのある王族。だからこそ、五ヶ国の連携役として選ばれたのでしょうね」

――セシルが説明をする間に、いよいよローデシア王国の軍勢が魔物の間近まで迫る。白兵戦《はくへいせん》を行う形で、騎乗している者はいるが少数。ちなみにユキト達フィスデイル王国の面々もそのほとんどは徒歩だ。

再び鬨《とき》の声が上がる。始まる、とユキトが確信した直後――風に乗って、拡声されたレヴィンの声が聞こえてきた。

『――この戦いに、勝利を！』

刹那、最前線に光が生まれた。それが霊具による魔法だと直感した矢先、ユキトの目には膨大な光と、耳に轟音《ごうおん》が飛び込んできた。

戦端は切り開かれた――同時、森から多数の魔物が出現し、ローデシア王国軍へ向け襲い掛かる。それに対し再び多数の魔法で対抗するローデシア王国軍。一つ一つの魔法はそれほど強力ではないが、それが束《たば》になることで強大な魔法に――個人個人で戦局を変えるユキト達とは異なる戦い方。恐ろしいほど統率された大部隊。放たれる魔法は、まるで一個の巨大な存在が撃ったように正確なものだった。

「これが、ローデシア王国の力……」

「あの統率力は、マガルタ王国に対抗するためでもある」

戦いぶりを眺めていると、セシルが補足説明を行う。

「竜族と普通の人間とでは、明らかに力の差が存在する……それこそ、騎士団において団長に上り詰めたほどの逸材なら、文字通り一騎当千の力を持っている」

「それは霊具なしで、だよな？」

「そうね。ただ竜族にも色々欠点がある……竜の血を持つことで寿命も長くなったけれど、代わりに人間のように容易《たやす》く子供を産むことができなくなった」

「つまり、人口を増やすのが難しいと」

「そうね。代わりに不老とも呼べるだけの寿命を得たわけだけど……実際、マガルタ王国において竜族は決して多くない。というより少数派と言えるわね。けれどそうだとしても、個人個人の能力は高く、対策をせず戦争すれば確実に負ける」

「それに対しローデシア王国が出した答えが――」

「そう、私達が見ているように、集団の力……一人一人が規律を守り、同じ行動を取ることで発揮される連携……両国は過去、この平原で幾度も戦争をした。圧倒的な武力を持つ竜族に、ローデシア王国は人間の力で対抗し続けたの」

セシルがそこまで告げた時、さらなる魔物と悪魔が森から出現した。けれどそれをローデシア王国軍は真正面から受け止め、なおかつ反撃に転じていく。

「でも」

ローデシア王国軍の圧倒ぶりを見て、セシルは一つ言及した。

「私達が苦戦した悪魔……あの存在をここまで押し込めているのは、間違いなくメイのおかげね」

「メイの歌による力が、能力を引き上げている」

「そう。連携攻撃による欠点として、退魔《たいま》など特殊な能力を付与することは難しい。あれは霊具固有の能力で、人間の手でまだ再現できていない技術だから」

「でも、ローデシア王国は迎撃している……」

「メイの力が加算されたため、ね。ここまでは順調だけれど……」

セシルがさらに語ろうとしたその時だった。両脇の森――まるでローデシア王国軍を迂《う》回《かい》するように、新たな魔物が出現した。

「このまま挟み込んで攻撃するつもりね」

「それを防ぐのが、俺達とマガルタ王国だ」

ユキトが言い終わると同時に、フィスデイル王国軍を指揮するエルトが号令を発した。

それに呼応するようにユキト達は魔物達へと駆ける。

さらに、マガルタ王国も——黒い集団が一挙に動き出す様は鬼気迫るものがあり、もしあれに真正面から突撃されれば、と想像して少なからずユキトは恐怖した。

あれこそが竜族の集団——交戦を開始したのはマガルタ王国側が早かった。魔力が弾け、それは多種多様な魔法の雨あられとなって魔物や悪魔へと襲い掛かった。

そこでフィスデイル王国側も交戦を開始する。先んじて仕掛けたのは騎士だが、メイの霊具の力に加え、これまで散々鍛練を重ねてきた成果——その二つが合わさったことで、魔物との激突では一気に味方側が弾き飛ばす結果となった。

なおかつ、勢いを維持したままさらに敵を倒していく。ユキトはその段階で参戦する。

その直前、一度目をつむると——頭の中でキィン、と音がして感覚が研ぎ澄まされる。

ラオドからの教えを受けて、ユキトは自在にこの能力を行使できるようになっていた。

そして間近まで迫る敵へ向かい、

「はっ！」

声と共に一閃《いっせん》。魔物を撃破することに成功する。それと共に斬った感触から一つの事実が判明した。

「強いな、この魔物は……」

呟《つぶや》くと同時、真正面に紫色の炎が湧き上がった。レオナの攻撃だと認識した直後、ユキトの声に応じるように発言した。

「敵も相当気合いを入れているのがわかるね！」

叫びながら彼女は斧《おの》を振るう。それと共に舞い上がった新たな炎は、魔物の体を焼いて数体まとめて消失した。

ユキトの背後ではセシルが周囲にいる仲間達へ指示を出しながら援護を行う。霊具の成長により戦局を見極められるようになった彼女は、敵の動き方などを推察して相手に進撃させる余裕を与えない。それに加えダインの援護も入る。魔物をすり抜け、面倒な位置にいる魔物の背後へ回ると、霊具で斬り伏《ふ》せることに成功する。

彼は霊具の成長を果たしてはいないが、鍛練によってベルファ王国で戦っていた時よりも明らかに強くなった。周りが敵だらけの状態であっても、一瞬——相手を斬る際に霊具を解除し、すぐさま霊具を発動させる、という制御を自在にできるようになっていた。

（メイの霊具もあって、みんな問題なく動けている。魔物は強いけど、俺達の方が圧倒している……）

やがてユキトは悪魔と遭遇。漆黒《しっこく》の体躯《たいく》が翼を広げて威嚇《いかく》し、真っ直ぐに突撃してくる。

それに対してユキトの取った選択は——剣を構え迎え撃つことだった。

ズン、と激突した瞬間重い音が響いた。悪魔が放ったのは拳《こぶし》。それをユキトは剣を盾にして受ける。衝撃は確かにあったが、ユキトは難なく耐えた。

即座に切り返し、悪魔の首筋に刃を叩《たた》き込んだ。それにより相手の頭が胴体から離れ、悪魔はゆっくりと倒れ伏《ふ》す。

「いけるな……」

過去、苦戦していた記憶が思い起こされる。けれどそれは既に過去のものであり、メイの霊具による効果があるとはいえ、自分が確実に強くなっているのだと確信する。

ユキトは周囲の状況を確認。ローデシア王国軍はなおも魔法によって魔物を駆逐《くちく》し、マガルタ王国軍は――竜族による圧倒的な武力で確実に敵を倒している様子。

戦況は確実に人間側有利に傾いている。森からは際限なく魔物が現れるが、人間側を食い止めるどころか押し込まれている。悪魔などは確かに明確な脅威だが、各国の部隊はその全てを迎撃し、対処できている。

(ただ……)

ユキトは胸中で一つ懸念を抱く。現時点では順調だが、今はあくまで各国が独自に戦っているだけに過ぎない。ローデシア王国軍はまるで自分達の力を見せつけるように力を誇示し、マガルタ王国軍は竜族という存在を前面に押し出して敵を打ち倒している。一方でフィスデイル王国は来訪者であるユキト達の援護によって、敵を押し返している。

(もし前線が苦戦するようなら……召喚された俺達が動くべきだよな。ただ、そうなるとフィスデイル王国軍は――)

どうすべきか迷いながらも戦況は刻々と変化し、ローデシア王国軍は魔物を森まで押し戻すことに成功した。問題はここからどうするのか。森に入れば遮蔽物《しゃへいぶつ》が多く魔法が使いづらくなるのは間違いなく、戦い方を変える必要が出てくる。

つまり、城へ向かうにはすんなりとはいかない。ここでローデシア王国の軍勢は立ち止まった。

「どうする気だ……？」

「ひとまず森の中を索敵《さくてき》するのではないかしら」

セシルから声が。同時、ユキトは最後まで残っていた悪魔を剣で倒し、周辺にいた魔物を掃討する。

「メイの霊具のおかげか、あるいは地力によるものか……ここまでは順調すぎるくらいね」

「けど、魔物の気配はあるな……」

ユキトは神経を研ぎ澄ませる。近づいたことで山の中にある城からは異質な魔力を感じ取る。

それに加えて、森の中からもまだ魔力を感じ取れる。最初の激突でローデシア王国軍がかなりの数を倒したが、油断は一切できない。

「巣があるとはいえ、一度に作成できる魔物には限界があるはずだし、魔物を減らせば楽になるのは確かだが……セシル、どう思う？」

「信奉者が複数集まって何をしてくるかわからないことを考えると、森に入るのは慎重にならないといけないわね――」

話をしている間に、フィスデイル王国軍に伝令が来た。それはどうやらローデシア王国軍からのもの。

最前線は多数の騎士が盾を構えて森をにらみ待機する形を取っている。その後方には魔法使いがいて、いつ何時《なんどき》魔物が来てもいいように準備をしている。

（前線は問題なさそうだけど……）

「――ユキト様」

思考していると、フィスデイル王国の騎士が近寄ってきた。

「レヴィン王子がお呼びです」

「俺に？」

「騎士エルトと騎士セシル……そしてユキト様の三人を」

「最初、本陣を訪れ会話をした人間か。セシル、これは――」

「指揮を執る人間に通達するのでしょう。騎士エルトも呼ばれたのはそのせいね。行きましょう」

ユキトとセシルは伝令の案内に従い移動する。指示された場所へ赴《おもむ》くと、そこにはレヴインに加え左側にいたラオドも待っていた。

「平原に出てきた魔物は殲滅《せんめつ》したが、ここで状況を整理したい。まず、斥候《せっこう》部隊の報告からだ」

レヴィンは簡潔に説明を始める――シェリスが昨日話した通り、城の左右に『魔神の巣』があり、位置も特定したとのこと。

「霊脈を利用した巣であるため、破壊しない限り魔物が出現し続ける。この戦いに勝利するには、まず魔物を減らすところから。よって疲弊していない今すぐに、当初の予定通り巣を破壊すべく攻撃する……その役目を、フィスデイル王国とマガルタ王国の両軍に頼みたい」

勢いに任せローデシア王国軍が攻撃するわけではない――ここで尋ねたのはラオド。

「その間にローデシア王国軍は森の中に入って戦闘か？」

「可能であれば城へ踏み込みたいところだが、信奉者の姿がない点が気がかりだ」

そこはユキトも感じていた。魔物や悪魔が押し寄せている状況は脅威だが、肝心の信奉者の影も形もない。

「籠城《ろうじょう》していると考えていいだろう。ならば森へ踏み入り周辺を制圧……と、言いたいところだが魔物以外にそれを妨《さまた》げる障害がある」

「レヴィン、それは何だ？」

「森の中に存在する瘴気《しょうき》だ」

ユキトはここで、森へ目を凝らす。確かにレヴィンの言う通り、嫌な気配——瘴気がわだかまっているのがわかる。

レヴィンもまた森へ視線を向けながら話を続ける。

「どうやら城の左右に存在する巣は、魔物を生成するだけでなく瘴気を発する役割も担っているらしい。おかげで森の中では濃度がとりわけ高い。これだけ濃いと低級の霊具による魔法は威力が落ちる。一人一人の効力が落ちれば当然、連携したとしても能力が低くなる」

「ははあ、なるほどな」

と、ラオドはレヴィンの説明に納得した様子で、

「集団戦を得意とするローデシア王国軍の利点を潰《つぶ》しに来たか」

「俺達が最前線に立つだろうという予測から行った措置《そち》だろう。瘴気に加えて魔法攻撃を防ぐ結界……その二つによって遠距離攻撃を確実に阻害《そがい》している。このまま突撃しても、信奉者が城から出てきたら押し返される。まずは巣を破壊しなければ」

それを果たせば、人数の多いローデシア王国軍が一気に——という目論見《もくろみ》なのだとユキトが理解していると、ここでエルトから質問が飛んだ。

「低級霊具が通用しないとなったら、特級霊具所持者による少数で巣の破壊を行う必要が

ありますね」

「そうだな。マガルタ王国は竜族である以上、そのまま攻撃してもいいだろう。一方でフィスデイル王国は――」

「俺達が」

ユキトが進み出た。つまり来訪者の力を利用して、巣を破壊する。

「少数でも特級霊具以上の所持者が集まれば、おそらくは」

「ローデシア王国軍はフィスデイル王国軍の援護に回ろう。森の中に入り込み、敵をおびき寄せる。その間に巣の破壊を頼む。瘴気がなくなれば城へ踏み込むことは可能だろうから、状況によっては今日中に城まで向かうかもしれない」

ならば、一気に勝負が決まるかも――ユキトが頷《うなず》くとレヴィンは力強く頷き返し、

「では速やかに行動開始……頼むぞ！」

それぞれの役割が決まり、ユキト達は一度フィスデイル王国軍がいる場所まで戻る。エルトは指揮を執るべく前線へと向かい、ユキトとセシルに作戦は託された。

すぐさま来訪者を集め作戦会議をすることに。そこで最初に発言したのはユキト。

「セシル、ローデシア王国軍から援護があって巣へ近づくことはできるにしても……破壊をするにはどうすればいいと思う？」

「……今回の巣は、森に阻《はば》まれて見えないことから地面に埋まっているタイプだと思う

わ。接近して斬るだけで足らないため、良いのは……レオナが適任ね」

「あたし？」

名を呼ばれて戸惑うレオナ。それに対しセシルは、

「霊具の斧《おの》……巣へ斬撃を叩《たた》き込み、炎により燃やす。地中に埋まっている部分にも炎は広がるでしょうし、通用するはずよ。ただ、巨大なものを破壊するために魔力を相当霊具に乗せた上で攻撃する必要はあると思うけれど」

話を聞きレオナはなおも硬い表情のままだったが――やがて決意に満ちた顔つきへと変わっていく。

ユキトは彼女を視界に映しながらセシルへと言及した。

「なら、レオナを守るようにして……」

「ええ、そうね。瘴気《しょうき》の度合いを考えると随伴する騎士も特級霊具以上……ユキト達を含め、精鋭のみで挑むことになる。援護があるにしても、短時間で勝負をつけたい」

「そうだな……じゃあ、行くとするか」

ユキトの言葉にセシルは首肯。方針が決まったため、すぐさま行動を開始する。

ユキトとセシルは適任者と思《おぼ》しき人を選び、その間にもフィスデイル王国軍が森の手前まで到達。そこで踏み込む準備を始めていると、先んじてマガルタ王国側が動いた。鬨《とき》の声が聞こえ始め、森の中から反響した戦闘音が生まれる。

　それと共にユキト達もまた森へと入り込んだ。即座に体にまとわりつくような濃密な気配。それは明らかに異質な瘴気であり、森や大地から発せられたものとは違っていた。

「ユキト、注意を」

　セシルが助言を行い、ユキトは頷《うなず》きつつ突き進む。精鋭クラスの騎士に来訪者達。人数は多くないがローデシア王国軍からの援護もあってか、問題なく動けている。

　ただ、察知したか向かってくる気配がある――と、そこで動いたのはアユミ。弓の霊具によって放たれた攻撃は、遮蔽物《しゃへいぶつ》ばかりの森の中でも正確に敵の頭部を射抜いた。

「可能な限り遠距離で倒す！　とにかく進んで！」

「わかった！」

　アユミの言葉にユキトは応じ、号令を下して前へ。途中、遠くから派手な音が聞こえてくる。おそらくマガルタ王国軍の攻撃だ。

　やがて、進行方向に多大な魔力――目的の巣があることに気付く。なおかつ、そこから魔物が来ているのだと認識する。

　ただユキト達へそれほど魔物は押し寄せてこない。これは平原にいるローデシア王国軍が上手《うま》く誘導しているためだ。

（これなら一気に――）

　ユキトが考える間にも、とうとう目的地へと辿《たど》り着いた。それは大樹に寄生するように存在する『魔神の巣』。樹木と一体化しており、赤黒い幹が時折肉塊のように鳴動している。

そして巣の周辺にはいくつも穴が存在し、そこから魔物が這《は》い出ているという状況だった。

一目見てユキトは剣を構え踏み込もうとしたのだが——それをセシルが手で制した。

「待ってユキト、落ち着いて」

「セシル……？」

「少数で攻撃を仕掛けている以上、無理な攻めは避けた方がいい」

「なら、どうする？」

「レオナ、準備にどのくらい掛かりそう？」

「地中にある巣の規模がわからないからとにかく全力でやるとして……五分くらいは必要かな？」

「ならまずは、準備が整うまで耐えましょう」

セシルの言葉を受け、ユキト達はレオナを守るようにして交戦を開始した。巣から這い出てきた魔物達に向かって最前線にユキトとセシル、さらに精鋭の騎士も前線に出て迫る魔物とぶつかった。

「ディル、気合い入れろよ！」

『わかってる！』

ユキトの言葉に、ディルは呼応するように魔力を発した。直後、一閃《いっせん》した剣は正面にいた魔物を易々《やすやす》と撃破する。続けざまに放った剣戟《けんげき》はしかと攻め寄せる骸骨《がいこつ》騎士を捉え滅ぼし、さらに後続にいた狼男《おおかみおとこ》は流れで間合いを詰めて何か仕掛けてくるより先に斬って捨てた。

最前線にはユキト以外にも、オウキやソウタがいた。オウキは二振りの剣を目にも留まらぬ速度で叩《はた》き込み、魔物を次々と滅していく。一方でソウタは風の力を両腕にまとわせ、腕を振る。それにより生じたのは、風の刃《やいば》。目で捉えることが難しいその攻撃は的確に魔物の頭部を刺し貫き、滅した。

ユキト達の奮戦によって、這い出てくる魔物を抑え込むことができた。ただし、魔物は巣から出てくるだけではない。巣の危機を察したか、周囲の森から続々と魔物が出現してユキト達を狙い襲い掛かってくる。

「はっ！」

だがそれに対処する人物――アユミがいた。恐ろしい速度で矢を放ち、ユキト達の所へ到達するより遥《はる》か手前で魔物は滅んでいく。そうした中で特に注意を払っていたのが魔法を使う魔物。

魔力の塊である魔物は、攻撃するより前にどうしたって魔力を発露する――その特性をつかみ、今まさに遠距離から攻撃しようとする魔物を、アユミは的確に撃ち抜いていく。

無論、彼女の攻撃だけでは全てに対処することは難しいが、そこをカバーをするのが残る騎士とダイン。特にダインは霊具の特性から戦場を縦横無尽に駆け回り、魔物を倒し続けた。

(これなら……いけるか……?)

さすがに長時間このパフォーマンスを維持することはできないはず。だが、レオナの言う五分程度ならば——と、ここでユキトは悪魔の姿を目に留めた。巣から這《は》い出るように出現したその敵は、明らかにユキト達を威嚇《いかく》していた。

「俺がやる!」

ユキトは一方的に叫ぶと同時、悪魔が吠《ほ》え突撃を開始した。それに応じるようにユキトは足を踏み出す。

刹那、ユキトは目前にいる悪魔の能力をつぶさに理解した。ラオドから伝授された技法の応用。それは相手の感情などを察するだけでなく、視線を通して能力まで明瞭にできる。

無論この技法は万能ではないし、通用しない敵もいる。しかし目前にいる悪魔相手ならば問題なく利用できた。

「ふっ!」

ユキトは過不足なく剣に魔力を込めた。悪魔は対抗すべく吠えながら拳《こぶし》に魔力を乗せ振りかざす。かわすか受けるか──ユキトは受けることを選択した。剣を盾にして悪魔の拳を真正面から受ける。

ガキン、と重い音を一つ立てて両者は動きを止めたが、それも一瞬のこと。完璧に威力を見極めたユキトは即座に剣を滑らせて悪魔が放った腕を、斬った。

悪魔が再び吠える。しかしそれは甲高《かんだか》い声で、悲鳴なのだと明瞭にわかった。ユキトは続けざまに首へ一閃《いっせん》し、悪魔を撃破することに成功する。

（いける……！）

そこで確信に近い考えを抱いた。先ほどの悪魔は、ベルファ王国で遭遇した悪魔とそう大差ない力を所持していた。けれどユキトは二ヶ月の鍛練と技術の習得により、相手の力量すら見極めて倒せるようになった。

周囲を見回せば、霊具の成長を果たしたオウキが同様の悪魔を猛攻により叩《たた》き伏《ふ》せているのが見えた。彼の場合は的確な攻撃ではなく完全な力押しではあるが、霊具の成長を達成すれば力で撃滅できることがわかる。

精鋭の騎士の中には悪魔に有効な『退魔』の霊具を所持する者もいるらしく、連携で悪魔を倒している姿も目撃できるが、それ以上にユキト達は圧倒的な攻撃力で捻《ね》じ伏せている。

（自分達は確実に強くなった……が、これに過信することはせず——）

「もう少しだ！　ふんばれ！」

ユキトは檄《げき》を飛ばしながらなおも近づく悪魔を倒した。そこで今度は援護をするセシルの姿を見た。彼女もまた悪魔と交戦しているが——ユキト以上に洗練された刃《やいば》が、悪魔の攻撃を完璧に受け流しその首を両断した。

（セシルも問題はない……）

そこで彼女と目が合うと、小さく頷《うなず》いた。自分は平気——その意思を受け取ったユキトは頷き返し、前を向いた。

背中を預け、彼女の魔力を感じながらさらに足を前に出した時、後方で燃え上がるように魔力を発した人物が。レオナだ。

「ユキト！　準備できた！」

「わかった！　全員、巣への道を空けるんだ！」

彼女の言葉でユキトは即座に指示を出す。途端、仲間も騎士も一斉に動き出した。攻め寄せる魔物の排除速度が増し、ユキトもまた巣への道を作るべく悪魔と魔物を斬り伏《ふ》せる。

結果、数十秒という短い時間で巣へ到達できるだけの道を切り開くことに成功する——直後、レオナは駆けた。握りしめる斧《おの》からは紫色の炎が上がる。それを見たか、あるいは魔力を感じ取った魔物や悪魔は、彼女を阻《はば》もうと押し寄せる。

だがそれを、ユキト達は完璧に抑え込んだ。一挙に攻め寄せる魔物達を一撃で倒し、悪魔さえも食い止め、討ち果たす――少数ではあったがこの戦場はユキト達が完全にコントロールしていた。巣からは相変わらず魔物が出現していたが、地上にいる数はユキト達の撃破速度が速いせいか、減っているように見受けられた。

無論、これが長く続けば戦況は大きく変わるはずだが――レオナがとうとう巣へ肉薄し、斧を振り上げ肉塊へと叩《たた》き込んだ。それによって炎が上がり、一気に樹木を燃やし尽くしていく。

以前は大規模魔法を行使して破壊していた『魔神の巣』だが、レオナの力により――炎は瞬《また》く間に樹木全体へと伝播《でんぱ》し、ゴオオオという燃える音を発しながら地中にさえも浸食していく。どうやら炎はあっという間に地下へと燃え広がり、地上に存在する肉塊がやがて崩壊を始めた。

「破壊、できたか……！　よし、撤退を！」

ユキトは状況を見て次の指示を下す。即座に仲間達は動き、樹木がボロボロに崩れ始める中でその場を後にする。だが巣を破壊した報復なのか、魔物達は退こうとするユキト達に追い打ちを掛けるべく迫った。

それはもはや犠牲など考えないほどの勢いであり、多少なりともユキト達の足を鈍《にぶ》らせる。

「大丈夫か⁉」

ユキトは近くに来た魔物を迎撃しながら周囲に呼び掛ける。仲間達はすぐさま返事をしたが、騎士達の反応は鈍《にぶ》った。

(下手に時間を掛けるとまずいな……！)

「セシル！」

ユキトは状況を見てパートナーへと呼び掛ける。

「俺が殿《しんがり》となる！　騎士達は早急に撤退してくれ！」

「……わかった！」

セシルは応じると騎士達へ呼び掛け、先んじて森から脱出すべく走り出す。

「アユミ！　オウキ！　二人は騎士達に追随してくれ！」

そう指示を出すと、ユキトは立ち止まり攻め寄せる魔物を倒していく。

「レオナ、さっきの攻撃で魔力は残っているか？」

「余力はあるけど、結構大きい一撃だった不安はある」

「わかった。ならオウキ達と一緒に騎士の後についていってくれ……ダイン！」

さらにユキトは近くで戦う仲間へ呼び掛ける。

「そっちも騎士達の援護を！」

「了解した」

「レオナも一緒に」

「わかった……ユキトは大丈夫？」

「少しの時間食い止めるだけなら平気さ。ソウタ、そっちは——」

「俺はまだまだ余裕だ。それに」

彼が腕を振る。直後、風の刃《やいば》が拡散して向かってくる魔物の体をズタズタにする。

「こういう状況なら、俺の霊具が役に立つはずだ」

「確かに。なら俺と一緒に殿を頼む」

話し合う間に魔物が迫る。ユキトとソウタは同時に動き始め、剣と腕を振るった。剣閃《けんせん》が森の中で煌《きら》めき、風が舞い——攻撃をした分だけ魔物の数が減っていく。

仲間や騎士達が引き揚げていく中、ユキトとソウタはなおも魔物を打ち倒し、悪魔を滅していく——と、ここで轟音《ごうおん》が戦場に響いた。それは多少遠いものであり、

「たぶん反対側の巣が破壊されたんだな……」

「違いない」

ユキトの呟《つぶや》きにソウタは応じながら風を放つ。そこで仲間達が離脱したのを確認し、さらに周囲にいる魔物の勢いもなくなったため、

「ソウタ、俺達も退却しよう」

「了解、と。しっかし、遠くにはまだまだ魔物がいそうだな」

「巣の破壊を優先したから、まだまだ生き残っているみたいだな。後は城の中に巣があるとしたら……でも、二つ巣を破壊した以上、魔物の生成速度は下がる。被害も少なく巣を壊せたのは、今後の戦いを考慮すればかなり大きい――」

そこで口が止まった。ユキトは目を見開き一点へ視線を注いでいると、ソウタも気付き目を向ける。

そこにいたのは、

「……え？」

ソウタは驚き小さく呟《つぶや》いた。ユキト達は動けず、ただ足音を立てて近づいてくる存在を眺めることしかできなかった。

「どうし、て……？」

ソウタが呟きをまたも発する。ユキト達の前に現れたのは、

「そこまで驚く必要は、ないんじゃないかい？」

行方不明となっていた、カイだった。

「――カイ！」

やがて、ソウタが声を上げカイへと近づいた。感動の再会、と言えば聞こえは良いが、

ユキトは何か違和感を覚える。

(カイがいる……聖剣も持っている。本人であることは、間違いない……はずだ)

「……ディル」

『本人だよ、間違いない』

質問するより先に、ディルの声が響く。

「すまない、何も理由を言わず城を出てしまって。けれど、こうするしか方法がなかったんだ」

その言葉で、ユキトは何かしら理由があったのだと断じる。しかし心のどこかで感じるのは、何かがおかしいということ。

思考する間にも、ソウタがカイへ向け疑問を口にする。

「方法？　突然いなくなったのには理由が？」

「ああ。ソウタ、ユキト。本来ならこんな戦場で矢継ぎ早に話すべきではないけれど、あまり時間がない。手短に伝えるよ。僕らに危機が迫っている」

ソウタの顔つきが変わる。ユキトもここに至り、何かあったのだと察して違和感を押し殺しカイへ問い掛ける。

「危機？　もしかして、まだ裏切り者が？」

「正解だ。僕はある情報筋からその可能性を見いだして、行動に移していた。初戦は間違いなく人間側の勝ちだけれど、これはあくまで油断させるための罠《わな》だ。明日以降、厳しい戦いが待っている」

「……今までカイは何をしていたんだ？」

「グレンの居所が判明し、僕は単独で聖剣の力を利用し敵の陣地へ入り込んでいた。リスクの高い賭けには違いなかった……でも、今僕が動かなければおそらくまずいことになると判断したんだ」

「入り込んでいた、ということは城の中に入ったのか？」

「入口周辺まで、だけどね。けれどあの城にグレンや信奉者がいるのは間違いない」

そこまで言うとカイは、ユキトとソウタを一瞥《いちべつ》する。

「実を言うとまだ裏切り者が誰なのか確証はつかんでいない。でも、二人は間違いなくそうじゃないと断言できるから、こうして二人になったところで僕が姿を現した」

「つまり、今後も単独で行動すると？」

「そうだ。ひとまず魔物が来る可能性があるから、少し移動しよう。森の外れにセーフハウスを作成したんだ。殿《しんがり》という名目だろうし、あまり時間を掛けると怪しまれるかもしれないから、迅速に動きたい」

「わかった」

ソウタは同意し、ユキトもまたそれに追随しようと歩き出す。周囲に魔物の存在はいなかったが、やや遠くで平原へ向かって歩いている姿は見て取った。

巣を破壊されて魔物も混乱している可能性がある。だからこそ、今のうちに――その時、ユキトは背を向けるカイの後ろ姿を見て、先ほど抱いていた違和感が復活した。

(何が……)

頭の中に疑問が浮かんだ時、ユキトは背筋が凍りついて体を硬直させた。それは、霊具を手にしたが故の本能に近しい感覚。あるいはラオドから技術を得たことで、顔を見ずとも背中だけで、何かを感じ取れるようになっていたのかもしれない。

ユキトは反射的に声を上げそうになったが、何を言えばいいのか一瞬迷った直後のことだった。

カイは後ろをついていこうとしたソウタの方へと――剣を抜き放ちながら振り返った。

直後ソウタの体に、聖剣が叩《たた》き込まれた。

「……え?」

ソウタは何が起こったのか理解できず、呆然《ぼうぜん》と立ち尽くす。ユキトは目前の状況に絶句する他なく、双眸《そうぼう》はソウタの体から噴き出る鮮血を追っていた。

「……どうし、て……」

ソウタはゆっくりと倒れ伏《ふ》す。だがカイの行動はそれで終わりではなく、小さく呟《つぶや》いた。

「最後の一瞬、体を後ろに傾けて即死を避けたか。なら、とどめを――」

刹那、ユキトは走った。剣を強く握りしめ、ソウタへ追撃を加えようとするカイを阻《はば》むように立ち塞《ふさ》がった。

するとカイの標的がソウタからユキトへと変わる。聖剣とディルが激突し、せめぎ合いとなった時、ユキトはカイの目を見た。

顔つきは、淡々として無表情に近しいもの。今まで見せたことのない姿にユキトは薄ら寒くなると共に、その瞳に吸い込まれて――感情を、読む。

「僕を食い止めるのは良いけれど、ソウタを放置すれば出血多量で死んでしまうよ?」

冷徹なカイの物言いに対し、ユキトは魔力を込めてカイを押し返す。相手はその反動で引き下がり距離を置いたが、彼が本気を出せばあっさりと詰められる距離。

「……なぜ」

ユキトは声を上げようとした。しかし、それが意味のないものだと気付き中断する。なぜなら先ほどの攻防――一瞬ではあったがそこで読み取った感情により、紛《まぎ》れもなく彼が望んでやったことなのだと、理解したためだ。

既に敵の手に落ちて洗脳されたのか――いや、感情を読み取った限りそうした雰囲気はない。彼は自分の意志で行動している。

ならば、あえて敵のフリをしたのか――いや、彼は間違いなく殺意をもってソウタを斬った。

感情を読むという技術を得たことで、あらゆる可能性が潰《つぶ》されていく。そしてユキトは一つの結論に辿《たど》り着き、口を開いた。

「……全て、こうなることまでカイの計算通りなのか？」

その質問は──ユキトが全てを理解した上でのものだと認識させらしい。カイは微笑を浮かべ、

「竜族ラオドからの技術……感情を読み取るものだと確か言っていたね。それによって、僕が紛《まぎ》れもなく本物で、この行為が自らの意志だと察したか」

聖剣を構える。途端、ユキトに強烈なプレッシャーがかかる。

まだ感情の整理ができていない。平常時であっても勝つことが難しい相手──ユキトは幾度となく呼吸を繰り返しながら、必死に思考する。ソウタは倒れている。彼を助けるためには──

「なら、僕はこう答えようか……計算通りではないよ。僕はこれまで、邪竜を倒すために尽くしてきた。聖剣を握り、初陣《ういじん》を飾ったのはそれが僕の役目だと思ったから。そして、シャディ王国で絶望したことも、間違いなく本物の感情だった」

カイが言った後に来る、と直感した直後、ユキトは決断する。

「ならばなぜ──あることをきっかけに、僕は思い出したからだ」

「思い、出した……？」

「僕は元の世界において、誰にもバレないくらいは演技派だったらしいね――」

カイが、間合いを詰めた。そこでユキトは魔力を解放し、突風を生み出した。

「へえ?」

途端、カイが小さく声を上げた。とはいえ、いかなる風もカイの動きを押し留《とど》めるには至らない。だから目的は別――倒れ伏《ふ》すソウタの体を、巻き上げることにあった。

同時にユキトは踵《きびす》を返し走る。空中でソウタを抱え、脇目も振らず全力で森の中を駆ける。

「ディル、カイは追ってきているか!?」

『だ、大丈夫だけど……!』

本気ならば、全速力で追い掛けてきたら間違いなく背中を斬られる――だが、カイは来なかった。

ユキトは振り返らず気配を探る。カイは動いていない。それどころか、森の奥へと進路を向けたようだった。

(理由を考えている暇はない。今はとにかく、ソウタを……!)

全力でユキトは走り続ける。程なくして、森を抜け平原へと辿り着いた――

第十八章　聖剣の力

ユキトが本陣に帰還してすぐさまメイの手によってソウタの治療が開始されたが、すぐに結果は出てしまった。

「ごめん、なさい……」

「いいんだ、俺達は全員、覚悟の上だ」

ソウタの体が冷たくなる中、メイの謝罪にユキトは答えた。また一人、仲間を失ったことを悲しみながら――ユキトは前に進まなければと断じ、動き始める。

一日目の戦いは巣を二つ破壊したことで終了した。瘴気《しょうき》は薄まったがまだ滞留していたため城へ進軍するのは中断。かつ、ユキトがカイについて報告したことで――各国は状況を把握するため、一度軍を退いた。

ユキトはセシルやエルトと共に本陣中央、指揮官が集う天幕を訪れ、事情を克明《こくめい》に語ると、いち早く驚いたのはラオドだった。

「なんと、それは……偽物、ではないと？」

「俺が見て、感情を読み取った限りでは……もちろん、精巧な偽物である可能性もゼロではない。でも――」

「聖剣使いは寝返ったと考え、行動すべきだろうな」

話し始めたのはレヴィン。努めて冷静に語り始める。

「兵にはこう説明しよう。反逆者グレンが消えたことによる影響……そして邪竜が霊具を奪っていたという行為。それらにより、邪竜は聖剣使いであるカイという存在を模倣《もほう》できたと」

「精巧な偽物だと説明するわけか……」

「他に手段はあるまい。それに、向こう側が本物のカイだと言ったところで、敵側である以上は鵜呑《うの》みにすることもできない」

「それしか、ないでしょうね」

苦々しい表情でシェリスが応じる。

「魔神が出現している事実から、聖剣に近しい力を持つ存在を生み出せる……というのは、比較的容易に説明がつくかと」

「なら、その方法でいくか……勇者ユキト、来訪者達にはどう説明する？」

「さすがに、真実を伝えようとは思っているけど……」

「ああ、それでいい。君が嘘《うそ》をついていたとなれば、それ自体が軋轢《あつれき》となる可能性もあるからな。ただどちらにせよ、士気は下がるか……」

「中には信じない人もいると思う」

「だろうな。話を聞く限り、勇者カイは何かしら思い出した……この世界を訪れる際に、記憶を失ったのだろう。それが故意なのか偶然なのか……まあ、仲間を裏切るほどの記憶だ。偶然だとは考えにくい」

「その記憶を消したのは……」

「召喚した反逆者グレン……あるいは背後で繋《つな》がっている邪竜だろうな。勇者カイの推測では、邪竜の目的は天神と魔神を超える存在になること……これが本当だとすれば、聖剣所持者についても自らに都合の良い存在を作為的に選んだということになる」

──重苦しい空気の中、次に声を発したのはナディだった。

「しかし、疑問があるわね。記憶を消し、わざわざ戦わせる必要はなかったはず」

「聖剣を自在に扱えるようにすることが目的なのだろうと考える」

ナディの発言に対し、冷徹にレヴィンは語っていく。

「邪竜は単に聖剣を得ようとしているわけではない……というより、天神と魔神を超える究極の存在となるためには、条件が必要なのだろう」

「その条件の内に、完璧な聖剣使いが必要ってこと？」

「おそらくな。最終的に聖剣使いが寝返ってしまえば、どんな情勢だろうと盛り返せる……というのが邪竜の腹づもりだろう。それは実際、真実かもしれない。明日以降、勇者カイが戦場に立つだろう。それがどれほどの影響をもたらすか」

　ユキトはこれまでカイが示した戦いぶりを思い出す。その中で、巨大な光の剣を生み出した光景が蘇《よみがえ》り、発言する。

「レヴィン王子。シャディ王国へ救援に赴《おもむ》いた際に発した巨大な剣。あれを繰り出されるだけで、こちらの軍は壊滅する」

「その話は聞いている。勇者ユキトの言うことは間違いない」

「なら、対策は――」

「勇者カイの情報をありったけ提供して欲しい」

　レヴィンはユキトへ要求する。

「彼の能力、魔力の質、ありとあらゆる情報を全て」

「それで、対策をすると？」

「魔術師総出による大規模魔法ならば、聖剣の力にも対抗できるはずだ。というより、それで食い止めるしかない」

「……しかし、この戦いに勝利するなら――」

　ユキトはそれ以上言えなかった。カイが敵に回ってしまった。となれば当然、彼に勝たなければこの戦争に勝利はない。

「次は信奉者も出陣するはず。そうした中で俺達は――」

「犠牲が多く出るだろう。そして聖剣を持つ勇者カイは、絶対に野放しにはできない」

レヴィンはそこまで語ると、ユキトの目を真っ直ぐ見据える。

「非常に厳しい要求をすることになるが……来訪者達の手で、勇者カイを食い止めて欲しい」

「俺達が？」

「ローデシア王国も可能な限り援護する。全力で彼を抑え込む……そうしなければ、明日は勝てない」

王子は深刻な表情だった――聖剣の力。それがこの世界の人にとってどれだけ希望をもたらし、また同時に絶望を与えるものなのだと理解できる。

「最大戦力をもって、彼に対抗する……彼を食い止める間に信奉者達を減らしていく……勝利するには、これがもっとも確実だろう」

現実的な策、というのが表情からわかる。けれど、内心ユキトには不安があった。

（止められるのか？　カイを……）

聖剣の力は嫌というほど見てきた。それでもまだ、力の底は間違いなく見ていない。城にいた時、カイは「聖剣の力を完全に解放したらどうなるかわからない」と語っていた。

「……止められると、思うか？」

ユキトが疑問を口にする。レヴィンは難しい顔をしながら、

「なんとしても、止めなければならない」

それは、間違いなく覚悟を秘めた言葉だった。

＊＊＊

人間側の軍勢が進軍を中断したことで、カイは悠々と城へと入り込み上階へと辿《たど》り着いた。カイを見ても城を守る悪魔や魔物は特に反応することもなく、聖剣を持つ者でありながら招かれているようだった。

「……お待ちしていました」

そして、真正面から声。カイがさらに進むと、グレンが立っていた。

「戦いぶり、しかと拝見させて頂きました」

「まだユキトとソウタとしか戦っていないけれど」

「十分です。相手に大きな動揺を与えることでしょう」

「明日は信奉者達が出ると聞く。勝算は？」

「巣は二つ破壊されましたが、まだ城にあるものが一つ残っています。それを我らが主の力を用いて強化することで、本日損耗した魔物はある程度補えるでしょう」

「とはいえ、巣を酷使することになりそうだ」

「ええ、短期間で魔物を生成すればそれだけ巣も傷みますし長くは持ちませんが、時間を掛けることはありますまい。カイ様、あなたがいればこの戦争は勝利も同然」

「油断はしないことだ」

グレンの言葉に対し、カイは冷静に告げる。

「僕はユキト達……来訪者達の情報を有している。それこそ、彼らの霊具に関する詳細までも」

「うむ、そうですな」

「だからこそ、警戒すべきだ。今までの戦いの中で理解しているはずだ。僕らは……来訪者達は、容易《たやす》く限界を超える」

指摘により、グレンの表情が引き締まる。

「霊具の成長、唐突な覚醒……ありとあらゆる可能性を想定しても、おそらくそれを超えてくる」

「とはいえ、彼らの切り札も抑えている……あちらがどんな手を打ってくるのか、想定できている」

「そうだね……僕はリュシルさんに、邪竜に対する切り札を依頼した。それは聖剣とは別の、邪竜に対する攻撃手段」

「……カイ様より詳細を伺った以上、それが極めて危険なものであると認識しております。しかし我らが主は——」

「問題ない、と。あの存在は、想定していたわけだ」

肩をすくめるカイ。深慮遠謀――カイもそうだが、邪竜もまた同様だった。

「ところで、信奉者達は？」

「……さすがに、一度の戦いで全てを信用するわけにはいかないとのことで」

「まあそうだろうな……邪竜の方は？」

「伝言を預かっております。まずは配下達の信頼を勝ち取るところから始めろと」

「なるほど、記憶が戻ったから万事オッケーとはいかないか」

その時、グレンの目に興味の光が宿った。それを見てカイは、

「何も知らされていないのかい？」

「私は主から、カイ様は記憶を失っている……こちら側の人間だ、としか」

「わかった。別に隠すようなことじゃない……次の戦い、しっかりと僕がこちら側の人間であることを示してから、語るとしよう」

そう言った後、カイはグレンへ背を向けた。

「カイ様、どちらに？」

「僕の方も、君達を全て信用したわけじゃないからね。信奉者に闇討《やみう》ちされる可能性なんてものがゼロでない以上、警戒させてもらうよ。セーフハウスを用意したから今日はそこで休む。心配せずとも、明日の朝にはここへ戻ってくるよ」

「わかりました。明日、お待ちしております」

グレンは慇懃《いんぎん》な礼を示し、カイは城を出た。そして戦場となった森の中を歩む。先ほどまで魔法が飛び交い、魔物が進撃していた場所をカイはたった一人、黙々と歩き進める。

そして城の入口が見えなくなったところで、聖剣の力を使い高速移動を始めた。

それは誰にも気取られぬよう——居場所を悟られぬための処置だった。聖剣の力をフルに活用し隠密行動すれば、この戦場においてカイを捕捉できる存在はいなくなる。それを証明するかのように、凄《すさ》まじい速度で森の中を駆け抜けたにも関わらず、魔物にすら見つかることなく、戦場を脱した。

そして人間と魔物が争う平原を上から、かつ横から眺められる場所——そこに、カイの言うセーフハウスがあった。

「戻ってきたよ」

「——報告はいらねえよ」

そう応じたのは、ザイン。彼はカイの要求に従い——ここまで同行した。

「まさか本当に仲間を斬るとはなあ」

「僕を信じていなかったのかい？」

「さすがに疑う気持ちの方が強かったさ……ま、面白いもんが見れたということで、良しとするか」

「ああ……さて、聖剣の力を用いて帰ってきたから、僕がここにいることは誰にもわからない。なおかつ、グレンの言動からここにあなたがいることだって誰も知らない」

「つまり、俺は黒子《くろこ》ってわけか。で、あんたの言葉に従ってここまでついてきたが、何をさせたいんだ？」

「確認だけれど、まだ力を得ることを諦《あきら》めてはいないな？」

「ああ、それは間違いない」

「なら、今回の報酬としていくらか力を提供しよう……僕からもらうのが不満であれば、今回の戦争の中でどさくさに紛《まぎ》れて信奉者から適当に力を奪ってきても構わないけど」

ザインは表情を変えない。そこでカイは肩をすくめ、

「言いたいことはわかるよ。あなたは絶対的な力……支配できる力を望んでいた。今回の件は、あなたの目的からは程遠い……けれど、さすがに僕だってあなたが望むものを一瞬で提供できるわけじゃないさ」

「……まあ、その通りだな」

どこか諦めたようにザインは呟《つぶや》く。

「なら邪竜共が保有している技術が欲しい」

「技術かい？」

「今の俺はすっからかんだ。それはあんたもよくわかっているだろ？　その穴埋めをする

ためには、この体を補強する必要がある……信奉者の中にレーヌという、技術開発の担当がいる。そいつの技術の中に、使えるものがあるかもしれない」

「なるほど……頼もうとしていたことに関連があるし、報酬もそれなら一石二鳥だな」

「何をさせるつもりだ？」

ザインの疑問に対し、カイはわずかに間を空けて答える。

「魔神として自らの体を変えられたということは、レーヌという信奉者が開発している技術を解析できたわけだろ？」

「まあ、多少はな」

「ならば、僕が技術に関する情報を持ってくる。そして聖剣に関連する情報があれば、詳細を伝えて欲しい」

——カイの要求にザインは押し黙る。どういう意図で要求しているのか理解できない、といった様子だった。

だから、カイはさらに説明を施す。

「僕はあなたの言葉をきっかけとして、国を、仲間を裏切り邪竜側についた。けれど、僕と邪竜は一枚岩というわけじゃない。向こうは何も話していないけれど……邪竜は自身の目的を達成するべく、聖剣に関して調べ、なおかつ色々と技術開発をしているはずだ」

「それはつまり、あんたと邪竜は協力関係にあるが、どこかで裏切るかもしれないって話か?」

「そうだね」

あっさりと答えたカイに、ザインは訝《いぶか》しむ様子を示したが――

「その辺りのことも話しておくよ」

「ああ、そうか……つまり、あんたを脅《おびや》かす技術があるかどうかの確認をするということだな?」

「その通り。ああ、仕事はそれだけじゃない。この場所で、戦場を観察して欲しい」

さらなる要求。それに対しザインは目を細めた。

「理由は聞かせてもらえるのか?」

「今回の戦い、僕が戦うことで邪竜側が勝つように計算している」

――それはつまり、神級霊具を持つカイの手で、人間達を叩《たた》き潰《つぶ》すというわけだ。

「この戦争が終わった後のことについて、僕の方でも色々と計画を立てていてね。とはいえそれは勝利を前提としている」

「確実に勝つために、戦場を観察して動向を窺《うかが》うってわけか」

「そうだ。向こうの切り札を知っているし、僕自身も様々な想定をした上で戦う。どのように相手が動くのかも、おおよそ推察できるし本来なら盤石《ばんじゃく》だ。でも」

――ザインは黙ったままカイを見据える。ただその表情からは、得体の知れないものを見るような雰囲気があった。

「相手も僕が多数の情報を握っていることを知っている。だからこそ、裏をかこうとするだろう。だから観察し、何か気付いたら場合によっては連絡をくれ」

「いいだろう……確認だが、俺のことは邪竜にも話していないな？」

「もちろんだ。一度粛清《しゅくせい》した存在を許しはしないだろうからね。現在、あなたが生存している事実は僕しか知らない……一度力を失ったとはいえ、魔神という存在を身に宿したその能力を僕は買いたい」

ザインはカイと視線を合わせる。何か言いたそうな空気をまとっていたが――やがて、同意するように無言のまま首肯する。

「よし、ならまずは今後の戦いについて……そして、人間側の切り札について、その点はしっかりと伝えておこう――」

＊＊＊

最前線にいるローデシア王国軍を中心に、聖剣を持つカイの対策を急ピッチで進める。

夜に入ってもそれは続き、大丈夫なのかとユキトは内心不安になったが、彼らを信じることしかできない。

そうした中で、ユキトは仲間と火を囲みカイのことを伝えた。反応としては、信じられないという表情ばかりで、ソウタが犠牲になってしまったが——それ自体が何らかの策なのでは、と考える者さえいた。

「……カイの思惑は、俺の能力で全て看破できたわけじゃない」

どよめきが上がる中で、ユキトは話を続ける。

「今確実に言えるのは、ソウタを斬ったこと。そして明日カイは聖剣を携え攻撃を仕掛けてくることだけだ」

「……対峙《たいじ》したら、どうするんだ？」

問い掛けたのはオウキ。不安げな表情を見せる彼に対しユキトは、

「明日、カイは本気で来るだろう。彼は加減して倒せるような相手じゃない。面と向かい合えば……十中八九死闘となる」

空気がさらに重くなる。明日の戦い、その厳しさを予感させるし、何より仲間同士が殺し合うことになる。

「戦い方については、俺達がカイを食い止める……もちろん非常に困難なのはわかっている。けど、やるしかない」

強い言葉を告げた時、ユキトへ質問を向ける人物が——レオナだった。

「ねえ、ユキトが矢面《やおもて》に立つの？」

直後、周囲にいる仲間の視線がユキトへ集中する。

「ユキトの言葉だと、来訪者……つまり、あたし達が全員でカイを抑えるという風に聞こえるけど、顔つきはなんだか一人で戦うように見えるよ」

「カイを単独で食い止められるとは思っていない。戦うのは俺達全員だけど、役割分担は必要だろ？　真正面から対峙《たいじ》してカイを食い止める役割……それは俺がやるつもりだ」

仲間達は言葉を発しなかった。異を唱える人は誰もいない。というより、ユキトが一番の適役だと、この場にいる者達は認識しているためだ。

「もちろん俺一人だけじゃなくて、セシルにも協力を頼んでいる……今から、おおよその役割を伝えるよ。明日の戦いは流動的になるだろうから、状況によっては役目を破棄してもらって構わないけど――」

前置きをしてユキトはそれぞれに役目を言い渡す。仲間達はそれを噛《か》みしめるように聞き、やがて話し合いはお開きとなった。

終始重たい空気に包まれる中、ユキトは休むべく天幕に向かって歩き出す。しかしそこで、セシルと顔を合わせた。

「話し合いは終わった？」

「ああ。セシル、明日は――」

「わかってる。私はユキトを援護するように騎士エルトから指示されている。明日も、よろしくね」

「そうか……正直、どうなるかわからない。不安要素だらけだが……」

「勝つために、全力を尽くしましょう」

セシルの言葉は力強かった。視線を重ねると、覚悟を決めた瞳があった。

「……ああ」

ユキトはそう答えた。既にセシルは——いや、作戦会議で話し合った王子王女達もまた、カイと戦う決意を固めていた。

それはこの戦争を勝利に導くため。彼女の態度を見て理解したユキトもまた、応じるように力強く頷《うなず》いた。

「必ず、勝とう」

「ええ」

そうして夜も更け——様々な思惑を抱える中、戦争一日目は終了した。


——翌朝。ユキト達は支度を済ませ布陣を開始。前日と同様にローデシア王国軍が最前線に立ち、左右をフィスデイル王国とマガルタ王国の面々が支える形。

まだシャディ王国と、ベルファ王国の軍は出てきていない——ユキトはその状況を考えた後、敵は後方部隊をも引きずり出すべく攻めてくるだろうと推測した。

（勝利するには戦力を削らせるわけにはいかない……そのためにはまず、ローデシア王国軍でどうにか抑えないといけないけど……）

可能な限りカイに関する情報は提供した。後は対応策が成功することを祈るのみ。

全軍が決戦準備を整える中、ユキトは仲間と共にローデシア王国軍がいる場所を訪れた。ユキト達がカイを抑える——間違いなく彼は最前線に姿を現す。だからこそ、来訪者達はフィスデイル王国軍から離れた。

加えて、援護を行う人物としてセシルやダインの姿もある。レヴィンの元へ近寄ると、彼は一度目線を向け、

「頼むぞ」

「はい」

返事の直後、今度は後方から歌声が聞こえ始めた。メイの支援だと理解した直後、風に乗って聞こえた歌により、ユキト達の魔力が活性化される。

「歌姫の力か。あるいは戦場における女神と言い換えてもいいかもしれない」

レヴィンが笑みを湛《たた》えながら呟《つぶや》いた時、森の中から魔物や悪魔が出現し始めた。前日と決定的に違うのは、魔物と共に人間の姿が現れたことだ。

それは紛《まぎ》れもなく信奉者——二日目にして、指揮官として多数城を出たようだ。

そして、もう一人。森の中からカイが姿を現した。事前に通告していたとはいえ——フ

イスデイル王国の騎士服を身にまとうその姿を見て、彼を見たことのない騎士達の間でも、どよめきが上がる。

戦いが始まるためかどよめきはすぐさま消え去ったが、それでも動揺が広がっているのは間違いない。もしこのまま戦闘に突入すればどうなるか――

次の瞬間、ローデシア王国軍の最前線に進み出た者がいた。遠距離ではあるがカイと対《たい》峙《じ》するその人物は、レヴィンであった。

「――王族が矢面《やおもて》に立つとは、ずいぶんと豪胆だね」

直後、朗々たるカイの声が平原に響いた。加え、遠くに見える彼の顔が、ユキト達を射抜く。

「僕と話し合う気かい？」

「……余計な問答をするつもりはない」

対するレヴィンの答えは、ひどくさっぱりとしたものだった。

「そちらが何をするつもりなのかはわかっている。だが、俺達は……それでも、勝つ」

「いいだろう。なら――始めようか」

双方の軍勢はまだ距離がある。しかし、カイが聖剣を抜いて剣を掲げた瞬間、味方は臨戦態勢に入った。

直後、聖剣から魔力が噴出し、天へと光が延びた。

（聖剣による攻撃……！）

ユキトが全身に力を入れた直後、カイが剣を振り下ろした。迫る光と微動だにしないレヴィン。彼の眼前へ剣が叩《たた》き込まれようとした——矢先、ズンという重い音が戦場に響いた。

音の根源は光の剣。カイが放った渾身《こんしん》の一撃は、突如構成された結界によって阻《はば》まれた。

「これは、僕専用の結界かな？」

「その光は、脅威であり早急に対策しなければならないもの……ただし、内外を遮断する結界を構築してしまったら俺達も攻撃できなくなる」

「よって結論としては、僕の魔力に反応して発動する結界というわけか」

ユキトは結界がどういう形で生み出されているのか、即座に理解する。レヴィンの足下から魔力が生じているのだが、それはどうやら後方にある本陣にまで繋《つな》がっている。

（シャディ王国やベルファ王国の人達が結界を構築しているのか）

前線で結界を作ってしまった場合、魔術師達が倒れてしまったらまずいことになる。しかし後方ならば——本陣の周囲は平原であり、魔物などを隠せる森や山からは距離がある。地中も無論警戒しているはずで、奇襲などの可能性が低いが故に、後方から支援すれば問題なく発動できるという考えの下に弄《ろう》された策だった。

「これで一つ、そちらの攻撃手段は封じた」

レヴィンがそう告げた直後、理路整然とした動きでローデシア王国軍が一歩前に出た。

それはまさしく、軍全体が一つの生物となったかのよう。

「巣を二つ破壊し、魔物の生成速度も落ちただろう……今日で、決めさせてもらうぞ」

「やれるものなら」

カイが一歩進み出る。それと合わせるように魔物や悪魔もまた動き始め――雄叫《おたけ》びが唱和し、信奉者も走り出した。

それに応じるべく、ローデシア王国軍も駆ける。カイが持つ光の剣は乱戦となれば使えない。よって彼もまた白兵戦《はくへいせん》に出るしかない。

直後、レヴィンの周辺にいた魔法使いが、一斉に魔力を高め魔法を放った。その目標はカイ。聖剣を持つ以上は一片の容赦もできない。それこそ、巨大な魔物へ放つような、多数の魔法がカイへと降り注いだ。

途端、轟音《ごうおん》と共にカイの立っていた場所を土煙が包み込む。その間にフィスデイル王国軍とマガルタ王国軍は戦闘を開始した。両翼から崩そうと動く信奉者達とかみ合い、身動きが取れなくなる。

（マガルタ王国側はたぶん大丈夫。けど、フィスデイル王国は――）

そう心の内で呟《つぶや》いたが、思考を振り払うようにユキトは首を振った。今はただ信じるしかないと、前だけを見る。

やがて粉塵《ふんじん》が晴れた先には、無傷のカイが立っていた。周囲にいた魔物や悪魔は巻き込まれ消滅していたが、彼は笑みさえ浮かべながらレヴィンへと問い掛けた。

「これで終わりというわけではないだろう?」

「……ああ、そうだな。勇者ユキト、後は頼む」

「はい」

直後、ユキトは足に力を入れて駆けた。すると黒衣を見てなのか、あるいは魔力を感知してか魔物達が一斉に反応し、ユキトへと迫ろうとした。

だがそこへ、仲間の援護が入った。オウキの剣が魔物を切り刻んだかと思うと、レオナの炎が魔物を焼き、滅していく。さらに後方からアユミの矢が悪魔の頭部を的確に射抜き、倒すことに成功する。

そうした中、ユキトは無人の野を駆けるようにカイへと迫った。相手は——まるでこの状況を予期していたかのように、聖剣に魔力を集めて迎え撃つ。

次に生じたのは、戦場を切り裂く金属音。聖剣とディルが激突し、魔力の渦さえ発生させながら、ユキトとカイは鍔迫《つばぜ》り合いとなる。

互いに視線を重ね、ユキトは全身に力を入れる。押し込まれたら一瞬で決着がつく。だからこそ、全身全霊で——負けないために、剣を振るう。

「……カイ」

「ああ」

余裕を見せながら返事をしたカイは、即座にユキトの剣を弾いて距離を置いた。ユキトは反動で後退した直後、

（来る……！）

直感した時、カイが間合いを詰めた。流麗で、一切の淀《よど》みがない動き。最短距離かつ、ユキトが攻撃する隙《すき》を与えない、完璧な一歩。

そこで再び金属音。先ほど以上に激しい魔力が生じ、それでもユキトはどうにか耐える。

「……二撃でその様子だと、後がもたないのではないかい？」

「どうだろうな」

ユキトは返事をしながら今度はカイを押し返した。彼が敵となって精神的に動揺は残っていたが、体調は可能な限り万全に整えたし、魔力も十分ある。

ディルの特性から、どこまでも戦い続けられるはず――だが、カイを前にして、神級霊《しんきゅう》具である聖剣を前にして、ユキトは心の中で考える。

（どこまで、耐えられる……!?）

たった二度、剣を打ち合っただけで悟ってしまった。踏み込むのも命懸けであり、いつ何時《なんどき》勝負が決まるかわからない。彼を殺《あや》めたくはないという感情が胸にはあるが、手加減をする余裕など微塵《みじん》もなかった。全力で応じなければ、絶対にやられる。

「ユキト！」

そこへ、セシルの声が飛んだ。いつの間にか彼女はユキトの横について、成長を果たした霊具を構えていた。

「二対一か。それでも構わない」

カイが言う。あくまで余裕の態度を見せる彼に対し、ユキトは首筋に汗が浮き出ているのを自覚する。

単純な剣の応酬でこれだった。周囲では人間側が魔物に魔法を浴びせ、霊具を用い激しく攻防を繰り広げている。仲間が魔物をユキトの所へ行かせまいと進撃を阻《はば》む光景がある。オウキが、レオナが、アユミが——あるいは風が、氷が、魔力が飛び交う。信奉者は魔物や悪魔に指示を送り、森からは大量に出現した敵が魔物達に加勢する。

戦場は混沌《こんとん》と化しているが、戦線の維持はできている。マガルタ王国軍がいる方角からはいくつも声が上がり、なおかつ爆発音が聞こえてくる。フィスデイル王国側からはあまり声や音はないが、危機的状況であれば連絡が来るはずで、戦えているのは間違いない。

ただ、カイがもし戦場を駆けあらゆる場所に介入すれば、たちまち情勢はひっくり返される。それどころか、勝負が決まってしまうかもしれない。

(神級……その力、本当に圧倒的だな……！)

改めて対峙《たいじ》することでわかる聖剣の力。そしてカイの存在感——決して聖剣だけを頼りにしているわけではない。紛《まぎ》れもなく彼の実力があってこそ、戦局を激変させる能力がある。

「……おそらく、昨日の作戦会議でこう考えたはずだ」

対峙する中で、カイはユキトへ話し掛ける。

「僕を抑え込み、信奉者や魔物の数を減らしていく……『魔神の巣』が信奉者の拠点である城にあるのはユキト達も理解できているはず。故に、まずは指揮官である信奉者を倒していく……戦術としては正しいだろう。聖剣対策を行った上で実行できれば、今日で戦いの大勢《たいせい》は決まるかもしれない」

「だが、そうはさせないと？」

状況は刻一刻と変化していく。そうした中でどこからか、悲鳴のような声が聞こえた。

「ああ、一人倒れたね」

「信奉者が、だな……声の距離からすれば、マガルタ王国と戦っていたヤツか」

「そうみたいだね。さて、僕が広範囲に攻撃する手段について対策はしていると、信奉者達も予測はしていた。グレンだって同じ事を考えていた」

なおも語り続けるカイ。その顔は穏やかで、ここが戦場であることを忘れそうになるほどだった。

「だから白兵戦《はくへいせん》で……という結論に至った際に信奉者達は主張した。僕の力は必要ない。自分達の力だけで対抗できると」

「……つまり、あれか。聖剣使いがいきなり出てきて、信奉者達は危機感を覚えているのか」

「正解だ、ユキト。このままでは邪竜から力をもらえないのではないか……あるいは、功を立てることが難しくなるのでは、と思ったわけだ」

──その言葉を聞いて、ユキトはなぜカイがここに立っているのかおおよそ理解した。

彼は最初から、こちらの策に合わせて行動をしていた。人間側が信奉者達を倒すために動くと予想し、信奉者達はそれでも問題ないと考えあえてそのまま勝負に出た。

カイはおそらく、信奉者達に手出しはするなと通告されていたに違いない。だが戦場に出る必要はあったため、ユキトと対峙《たいじ》して最低限の戦いをこなしている。

「戦況が危うくなれば、城にいるグレンの判断で合図が来る」

「もし合図があったなら……」

そこから先をカイは話さなかったが、代わりに別のことを口にした。

「ところでユキト、聖剣の力……その全力というのがどのくらいの規模なのか、知っているかい？」

「……何？」

「以前僕はユキトと共に聖剣に関する文献を調べたことがあっただろ？」

──それは、ベルファ王国における戦いの後の話。霊具強化の一環でカイが持つ聖剣を調べたことがあった。そういった情報があったからこそ、ユキトは今回様々な情報を各国へ提供できた。

「その情報を調べる限り、聖剣にはまだまだ成長の余地がある……というより、聖剣には知られていない領域が存在している」

「何が、言いたい？」

「なおかつそれは、聖剣を所持していた人物の限界が関係していた……つまり、歴代の聖剣所持者は、この剣が持つ力を引き出すことができていなかった」

ユキトはそれを聞いた瞬間、薄ら寒いものを感じた。

「僕にそれができる……かどうかまではわからない。ただ、フィスデイル王国の王城を離れてから、少しばかり検証して……今までにはない力を解放することはできるようになった」

「それは……」

さらに戦況は変化していく。二日目が開戦してまだそれほど時間は経過していないが、人間側――特にローデシア王国軍とマガルタ王国軍の攻勢が激しかった。

ローデシア王国の軍はユキト達とカイを迂回《うかい》するように森へ向かって突き進んでいる。信奉者の指揮により魔物だけでなく悪魔も迫ってくるが、その全てを軍はいなし、応じている。

レヴィンの指揮は的確であり、文字通り軍全体が一個の生物のように動いている。彼の統率は目を見張るほどであり、カイが立っている向こう側にある戦場は、まさしくローデシア軍の独壇場であった。

一方でマガルタ王国軍も負けてはいない——というのも、そちらの方角から明らかに強力な魔力を感じ取ることができる。竜族の特性を最大限に利用し、圧倒的な力で押し潰《つぶ》している。霊具の力がなければ難しい力押しを、彼らは竜族という特性により成し得ている。そして、またも信奉者の断末魔と思《おぼ》しき声が耳に入ってきた。

「そろそろかな」

「……カイは」

戦況を見て呟《つぶや》いた彼に、ユキトは問い掛ける。

「戦いがこんな風になると、予想できていたのか？」

「そうだね。信奉者は確かに強い。あの城に集結している者達は、精鋭クラスといって差し支えはないと思う。だけど、ベルファ王国でユキトが戦ったような、圧倒的な力を持つ存在はいない」

またも悲鳴。戦況は間違いなく人間側有利に傾いている。

「信奉者達は、勝てると考えていたんだろうけどね、城に一度入って彼らの気配を感じ取った瞬間に確信したよ。どれだけ魔物を集め、率いようとも、統率の取れた人間の連合軍には勝てないと」

「それだけ、強いということか？」

「その通り……邪竜は各国を分断していただろう？　それはこの圧倒的な攻撃を防ぐため

でもある……各国の軍隊が集結すれば、いかに魔物が多くとも戦力は人間の方が上だ。まして、今の情勢……盛り返してきた今はなおさら差は広がっている」

カイが分析を行い、戦いはまさしく彼の考え通りに推移する。ローデシア王国とマガルタ王国の両軍が軸となって、戦場を支配しつつある。

フィスデイル王国軍だけは、来訪者であるユキト達がいないこともあって派手な動きはしていないが、戦場の勢いが伝播《でんぱ》したか鬨《とき》の声が聞こえ、戦えているのがわかる。

「邪竜も当然、この戦況は予想していた……グレンが情報を持っていたとしても、到底覆《くつがえ》すことができない情勢だ」

ユキトは声を発しなかった。見かけ上は人間側が圧倒的。だが、ユキトが対峙《たいじ》する目の前の存在がいれば、話は別――

「……昨日、カイは思い出したと言っていたな」

ユキトはカイを見据えながら、言葉を紡《つむ》ぐ。

「結果、邪竜側に与《くみ》した……それは元々、定められていたことだとしたら……目的は何だ？」

カイは何も答えない。そこで、城から上空へと延びる光が現れた。それはどうやら魔法の光弾らしく――パアン！　と一つ音がして弾けた。

「……時間のようだ」

カイが告げる。途端、ユキトとセシルは彼を注視する。

「先ほどの質問の答えは……そう遠くないうちにわかるだろう。それじゃあ――始めようか」

来る、とユキトが察した直後だった。

カイは聖剣の力を解放した。それはこれまでとは――今まで共に戦ってきた時とは比べものにならないほどの、魔力。聖剣の力だけではない。カイ本来の力が合わさって、相乗効果のように力が膨れ上がっている。

圧倒的な気配は瞬《またた》く間に戦場に伝播《でんぱ》した。すると人間側の勢いを削《そ》ぐほどの効果をもたらす。カイを見据えているユキトも、理解できた。森へ向かって進撃していたローデシア王国軍の勢いが、明らかに鈍《にぶ》った。

そして、ユキトは直感する。カイが力を解き放って向かう先。それは――

「僕の目的のために……その障害は、排除する」

冷酷な言葉だった。同時、カイが間合いを詰め、ユキトはセシルと応戦しようと足を前に踏み出した直後、彼の剣戟《けんげき》が迫った。

ユキトは全力で、聖剣に対抗するべく魔力をディルへ収束させた。横にいるセシルもまた、ユキトと合わせるように剣を振り抜く。

天級霊具と、成長を果たした霊具の二つ――その力が、聖剣とぶつかる。ユキトは全力

で応じるべく剣に魔力を込め、

『——ユキト、これは——!!』

ディルの声を耳にした。遅れてユキトも理解するが、対応はできなかった。

「戦況を考えて、短期決戦の方がいいだろうな。まずは、本陣を狙うとしよう」

カイの呟《つぶや》きが聞こえるのと同時に、ユキトの視界が真っ白に包まれ、その体が吹き飛ばされた。

「……う」

ユキトは目を開ける。自分が倒れていることを自覚すると、即座に体を動かして起き上がった。

「痛っ……！」

けれど全身に痛みが走った。カイと激突した時の余波——いや、聖剣の力を食らったことによるもの。とはいえ、痛みだけで済んだのはディルがあったからかもしれない。

「っ、う……」

横からセシルの声。見れば、彼女もまた吹き飛ばされて倒れていた。

「セシル！」

すぐさま声を掛けて容態を確認。そこで彼女は目を開けた。

「ユキ、ト……」

名を呼ぶと彼女は即座に我に返り、慌てて起き上がった。しかし彼女の方も痛みはあるのか、顔をしかめる。

「これは……」

「カイの聖剣……その力をまともに受けて、吹き飛ばされた」

ユキトは即座に状況を確認して――唖然《あぜん》となった。自分達が立っていた場所、そこには、多数の騎士が倒れ伏《ふ》していた。

「まずい……カイの狙いは本陣だ……！」

「たった一人で……？」

「そう思うだろうな。でも、カイの聖剣……その力ならきっと……」

ユキトは痛みを堪《こら》えて走り出し、それにセシルが続く。同時に戦況の確認を行う。圧倒的な力で押し込んでいたローデシア王国とマガルタ王国の両軍は、最前線を食い止めるだけの兵力を残して全力で後退していた。フィスデイル王国軍も同様に動いているようだったが、戦力的な観点から前線を維持することを優先したらしく、戻っている騎士は少ない。

そして肝心のカイは――ユキトはその光景を見て、無念そうに顔をしかめる。彼が通ったと思《おぼ》しき場所に、多数の騎士が倒れている。

「ユキト！」

そこで、オウキが声を発し近づいてきた。彼以外にもレオナ他、仲間達が近寄ってきて、全員生存であるのを確認する。

「オウキ！　そっちは――」

「吹き飛んだユキト達を探していたんだ……カイの力を目の当《ま》たりにしたレヴィン王子が、そう指示した」

それは――ユキトが問い返そうとした時、爆音が轟《とどろ》いた。場所は中軍付近。騎士や兵士は多数いるが、カイを押し留《とど》めることはできていない。

「まずいな……オウキ、手を貸してくれるか？」

「もちろんだ。でも、あのカイを止めるのは――」

「わかってる。正直勝算は低い……でも、戦うしかない」

「何か策はあるのか？」

「……力と真正面に相対してわかったが、さすがにカイでもあの出力を維持し続けるのは無理であるということ。確実に人としての限界があるはずだ」

先ほどの激突により、ユキトはカイが荒れ狂う聖剣の魔力を自身の力で制御しているのだと理解できた。当然魔力消費も多く、いくらカイでも限界があるはずだった。

「一気に本陣へ詰め寄ろうとしているのは、あの聖剣の力を維持できる時間に制限があるからだと思う。あの力が持続したなら、最前線にいる騎士達だって蹂躙《じゅうりん》できたはずだ」

「うん、理解できる。だけど――」

「オウキの言いたいことはわかる。あの力に対し足止めできるか、だろ？　でも、それをやらなければ、勝てない」

断言に仲間は押し黙り――やがて全員覚悟を決め、オウキが代表して、

「なら、行こうか」

「ああ」

ユキト達は一斉に走り出す。そして崩壊し始めた中軍の中へと入り込み、カイの後ろ姿を捉えた。

カイは即座にユキト達に気付き、振り返る。その間に魔法使いの攻撃が入る。十は軽く超える様々な魔法を――カイは聖剣を振るだけで全て消し飛ばした。

「こちらの能力については看破しているようだね」

中軍にはカイ以外に敵はいない。彼は包囲されている中で、ユキト達と向かい合う。

「そう、この聖剣の力は魔力をかなり消費するため、あまり時間を掛けられない……が、このままの勢いで進めれば、本陣へ肉薄することはできた」

「加えて言うなら、解放された力を上手《うま》く制御できないため、光を空へ延ばして攻撃することもできない」

ユキトが指摘すると、カイは小さく笑った。

「状況的に、そのくらいは理解できるか……正解だよ。力を解放すること自体、今回が初めてだからね。色々と課題も見つかった」

「もしカイが完璧に力を使いこなせていたら、その時点で終わっていたな」

「そうだね。とはいえ、今日中にコツくらいはつかめるだろう」

（今日をしのいでも、明日……策がなければ持ち堪《こた》えるのも無理、か……）

ユキトが厳しい表情のままでいると、カイは肩をすくめた。

「明日、完璧に使いこなせるようになれば……」

――もしそれまでに倒せなければ、今度こそカイは連合軍を蹂躙《じゅうりん》するに違いない。

「ただ、現状でも押し留《とど》めることすらできていない……ユキト、今回はどうだ？」

「……たとえ絶望的でも、俺達はやらなければならない」

カイは満足げに頷《うなず》く。それでこそ勇者――そんな風に考えている表情。

ユキトの周囲にいる仲間達も、戦う気概を見せている。それは紛《まぎ》れもなく、周囲に倒れている騎士達が原因だ。本物のカイだが、彼は騎士達を手に掛けた。ならばもう――

「いいだろう、僕自身、決着をつけなければいけないと考えていた」

カイが言う。包囲する騎士や魔法使いはいつでも攻撃できる態勢ではあったが、動かなかった。それは自分達の攻撃が通用しないとわかっているから。故に、勝負はユキト達に託された。

カイが聖剣を握りしめ、魔力を発露する。大気を震わせるほどの魔力。それが殺気をまといながらユキト達に突き刺さる。それだけで、呼吸が苦しくなりそうだった。

正直、どこまで抵抗できるかわからないとユキトは思った。けれど、この状況を打開するためには、カイを――

そう思った時だった。本陣から、メイの歌声が聞こえてくる。

「……メイの霊具か。でも、その効果では決して――」

カイが呟《つぶや》いた直後、ユキトの体に異変が生じた。それは、明らかに今までのとは比べものにならないほどの、支援だった。

ズン、と体にのしかかるほどの魔力が、ユキトの体に入り込んだようだった。それはすぐさま身の内に溶け込み、信じられないほど体が軽くなる。

「……へえ？」

カイもまたそれに気付き声を上げる。

「メイめ、これだけの強化を施せる……隠していたな」

「……カイが裏切るなんて想定はしていなかっただろうさ」

ユキトはこれまで以上の高揚感を抱きつつ、カイへ応じる。

「でも、情報漏洩《ろうえい》の懸念はしていたというわけだ……メイ自身、相当疲労するに違いないほどの支援。十分だ。今度こそ、カイを止めてみせる」

「できるものなら――やってみろ！」

声を張り上げ、今まで以上の殺意を込めて、カイは聖剣の力をさらに高めた。同時、ユキト達は一斉に走り出す。カイを倒すため――戦いが、始まった。

カイが力を高めた瞬間、先んじて攻勢に出たのはユキト。一歩で間合いを詰め、メイによって強化された剣戟《けんげき》で、渾身《こんしん》の一撃を決めた。

その勢いも鋭さも、ユキトにとっては最高のもの――だがカイはそれを容易《たやす》く受けた。

金属音と魔力が生じ、ギリギリと刃《やいば》がかみ合った。

この状態では先ほどと同様に吹き飛ばされる――可能性はあったが、今のユキトはそうならなかった。メイによる全力の援護。それが功を奏し、カイと剣を合わせ多少ながら抵抗することができた。

(耐えられる……が……！)

カイが剣を弾く。その反動は想定以上のものであり、ユキトは数歩たたらを踏んだ。体にも魔力を収束させ、如何様《いかよう》にも動けるようにしていたにも関わらず、この結果。やはり強化魔法による援護があっても、ユキト単独ではカイに対抗するのは極めて難しかった。

けれど、先ほどとは状況が違う。ユキトが強引に弾き飛ばされたのを見計らって、代わりにオウキが踏み込んだ。二振りの剣――霊具の成長を果たした彼の連撃が、カイへと殺到する。

「はあぁっ！」

気合いの入ったオウキの声が戦場に響くと、カイが彼の刃《やいば》に応じた。数度攻撃を食い止めた後、一度剣を大きく薙《な》ぐ。

それは——オウキにとって大きすぎる衝撃だったらしく、途端に彼はのけぞり隙《すき》を晒《さら》した。剣を取り落とさなかったことは救いだったが、カイに踏み込ませるだけの余地を作ってしまう。

まずい、と誰もが思った中で次に動いたのはレオナだった。カイの背後に回り、斧《おの》から紫色の炎を噴出させながら、下から上へ、すくい上げるような斬撃を放つ。

カイはオウキへの攻撃ではなく体をレオナへ向け、まず斬撃を受けた。すぐさま炎は聖剣を使ってカイの体を浸食する——

「ふっ……！」

けれど、レオナの斧を大きく弾くと、カイは刀身に巻き付いた炎を振り落とした。魔法の炎である以上、本来ならば振っただけでは消えないはずだが——

（聖剣は極めて強力な霊具だ。レオナの炎を容易《たやす》く振り払えるだけの能力が存在しているってことか）

ユキトは体勢を立て直してカイを見据える。彼は迫る攻撃に対処しているだけであり、誰かにだけ狙いを定めれば、あっけなく勝負はつくはずだ。

仲間が連携して応じることで、カイが誰かを集中攻撃できないような状況に持ち込み、犠牲を出さない――けれどできたのはそれだけだ。カイに一太刀《ひとたち》浴びせることもできない。絶望的なまでの戦力差にユキトは歯がみしそうになる心境を抑え込み、足を前に出す。

そのタイミングと同時に、オウキもまた体勢を立て直しカイへと仕掛けた。それぞれの刃がカイへと迫る――が、彼は動きを完璧に見極めて、いなした。

弾かれた刃を通して伝わる力は、軽くいなしたように見えた動作とは比べものにならないほど強固であり、心構えをしていても衝撃が体に走る。ユキトは再び斬撃を決めようとしても一歩遅れ、それはオウキも同様らしくカイが先んじて反撃する結果となる。

「くっ……！」

ユキトは彼の剣を受け、どうにか距離を置こうとする。たった一撃で攻守が逆転してしまう。レオナも仕掛けようと動くが、機先を制する形でカイに刃を向けられ、足を止めてしまう。

他の仲間が援護しようにも、動けず――結果、騒がしい戦場の中で一種の空白地帯が生まれた。魔物の雄叫《おたけ》びや人間側が放つ鬨《とき》の声。金属音や爆発音が大気に満ちる中、ユキト達だけは立ち止まり、沈黙する。

その静寂を破ったのは——カイの発言だった。

「時間を掛ければ、どうにかなると思っているのかい？」

ユキトは答えられなかった。同時にディルを強く握りしめる。

（俺達はそれこそ、霊具の力を最大限に引き出し、後がなくなっても構わないほど全力の一撃でなければ……カイには対抗できない）

聖剣が他の霊具とは違うことをユキトは深く認識する。

（メイの強化だっていつまで続くかわからない。カイだって魔力が無限ではないし、聖剣は相当力を使うとさっき本人が語っていた……でも、俺達がそれまでもつのか？）

疑問が膨れ上がる中で、ユキトが前に出ようとした矢先、轟音《ごうおん》が戦場を満たした。距離はあったが、その直後に悲鳴が上がるのを耳にすると、何が起こったのかユキトは理解する。

「これも作戦か……⁉」

「さすがに、僕が突撃するだけで終わりじゃない」

ユキトの呟《つぶや》きに対し、カイは淡々と応じた。

「彼らとしても僕を利用して軍を切り崩すくらいの策略は立ててるさ」

その言葉の直後だった。ユキト達の横をすり抜けるように躍り出た存在が現れた。

「覚悟！」

それはマガルタ王国の鎧《よろい》を着た騎士。つまり竜族であり、カイの動向を察知して戻ってきたに違いなかった。

しかも単独ではなく、続々とやってくる――本陣の危機を知り半《なか》ば無理矢理ここまで到達した者達。ユキトが視線を巡らせると、マガルタ王国の騎士に加えローデシア王国の騎士もまた、カイへ迫ろうと多数が接近しようとしていた。

それを見た瞬間、ユキトは戦場がどういう状況なのかを理解する。両軍の指揮官はそれぞれ後方を守るのを優先し、カイを対処すべく戻った。そして、前線の戦力が薄くなったことで信奉者が反撃を開始した――

「僕に集中して戦力を向けるという判断は決して間違ってはいない」

騎士が殺到する中で、カイは呟いた。

「だが、見誤った点が一つ――聖剣の力。それを君達もまた過小評価しているようだ」

先手は騎士。大剣はカイを両断すべく驚くほどの速度で放たれた。反射的に仲間の誰かが声を上げる。それはカイが殺されてしまう――と、仲間であった彼のことを慮《おもんぱか》る意味合いのもの。

だがユキトは違う未来を描いた。それは半ば確信であり――カイが聖剣を振った。それにより、大剣はいとも容易《たやす》く砕け散る。

「な――!?」

騎士が驚愕《きょうがく》する最中《さなか》、カイの剣が薙《な》ぎ払われ、騎士は鮮血を噴き出しながらあっけなく倒れ伏《ふ》した。途端、さらなる騎士が迫る。それこそ突撃によって彼のことを押し潰《つぶ》そうという思惑だってあったかもしれない。

だが、カイは動じなかった。そればかりか瞳に宿った光は、この状況を待ち望んでいたのだと示しているようだった。

「駄目だ——」

ユキトは反射的に声を上げた。けれど騎士達の突撃は止まらない。全てが遅かった。

カイの聖剣が、光り輝く。刀身が伸びるといった効果はなかったが、確実に切れ味は増した。そこへ騎士が殺到し——カイの剣が、その全てを破壊した。

斬撃が繰り出された瞬間、剣の範囲に入っていた者は等しく斬られ倒れ伏した。なおも攻め入る騎士達に対し、カイは一歩足を前に出す。戦意を喪失させようと数を減らすという意図があるのだと、ユキトは直感する。

その間ユキトと仲間達は、動けなかった。無理に介入すれば騎士達の邪魔になる。そればかりか自分達だって巻き込まれる可能性がある。そう思うと、誰も動けなかった。

雪崩《なだ》れ込むようにしてカイへ仕掛ける騎士達だったが、人数がどれだけいても意味はなかった。聖剣一振りで瞬《また》く間に命が消えていく。歴戦の戦士達が、当然であるかのように一撃で、雑兵のごとく倒れ伏していく。

気付けば全身が震えるほど死体が地面に横たわり、それはユキト達が戦闘に介入していない数分で生じたこと――そう思うと、ユキトはゾッとなった。

数がいても、どんな力を持っていようとも何も関係がなかった。聖剣――神級霊具を持つカイを前にしては、この世界の人間の能力など、まるで意味を成さなかった。それに気付いたユキト達や、セシルなどの騎士は動きを止め、絶望的な状況になるのをただ見守ることしかできない。

その状況に変化が訪れたのは、前線から戻ってきた騎士達が殺戮《さつりく》に足を止め、恐慌状態に陥りそうになった段階だった。なおも突き進むカイに対し、ユキトは地面を踏みしめ、全速力でカイの背後へと迫った。

「カイ……！」

だが彼はそれすらも完璧に把握した。動き出した瞬間を気配で察知し、ユキトが間合いに入った瞬間、体を反転させて斬撃を繰り出した。

ユキトは当然それを防いだが――重く、圧倒的な力による攻撃は、どうにか踏みとどまり受け流すことしかできない。なおかつ、ユキトは気付いたことが一つ。

(カイはまだ聖剣の力を試している……自身の強化ぐらいしかしていない……！)

その状況でこれだけの差。魔力の消耗が激しいためあえて強化のみで戦っている。にも関わらず、これだけ圧倒している。

前線から聞こえる爆音の規模も増している。状況は確実に悪くなり、昨日の戦果が無に帰《き》するような状況だった。もはや一度退いて態勢を立て直すしかない――そんな判断がユキトの心の内に宿った時、カイの刃《やいば》がユキトを捉えようとする。

(しまった――)

直感的に避けられないとユキトは悟った。ディルもまた気付き頭の中で名を呼ぶが、防御するより聖剣が到達する方が圧倒的に早かった。

それでも、どうにか――抵抗しようと試みようとした矢先、聖剣を横から弾く刃が現れた。それは聖剣を止めることはできなかったが、わずかに鈍《にぶ》らせることは成功して――ユキトはギリギリ、回避に成功する。

視点を変える。横にセシルがいて、彼女の援護が功を奏したらしかった。

「先ほどは、二人の剣でも僕を止められなかった」

カイはそう告げると、剣を構え直した。背後にまだ多数の騎士がいるが、それには目もくれずユキトとセシルを注視する。

「けれど、今は違う……ということかな?」

――ユキト自身、正直自信はなかった。メイによる強化魔法はあれど、それをもってしても太刀《たち》打ちできていない現状。

だがここで背を向ければ多数の騎士が死ぬ。恐慌状態に陥っている戦場を救うには、今この時カイを抑えなければならなかった。

「……必ず、止めてみせる」

静かな発言にカイは笑みを浮かべる。挑発的でも、あざ笑うわけでもなく、その宣言自体を評価しているような趣《おもむき》さえあった。

ユキトは走る。それに追随するようにセシルもまた続いた。再び三人の剣が交錯し――聖剣の力により、ユキト達は表情を歪《ゆが》める。

一時《いっとき》でも力を抜けば斬られるというのが確信できる強さだった。何度も剣を切り返して斬撃を浴びせるが、カイはものともしない。

その間に仲間達が左右や背後に回りカイへと攻撃を仕掛けるが――カイは完璧な剣筋で受け止め、反撃へ転じてくる。

仲間が攻撃するタイミングをユキトとの激突に合わせても、カイは平然と差し向けられた霊具を受け流し続ける――来訪者としてここまで戦い続けてきた仲間でさえも、カイとの間には隔絶とした差が存在する。

カイの動きを制限はできている。だがそれは彼自身、リスクを背負おうとはしていないことに由来する。どれほど低確率であろうとも、自分の身が脅《おびや》かされる可能性を排除している。もし負傷するリスクを無視し突撃したのなら、あっという間に本陣へ到達し、虐殺を繰り広げているに違いなかった。

「くっ……！」

呻《うめ》き声を漏《も》らしながらユキトは仲間達と共に戦い続ける。だが、一向にカイを倒すどころか止める手立てすら思いつかない。

（時間稼ぎはできているけど……！）

前線は騎士がいなくなった分、苦境に立たされているだろう。当初の作戦では信奉者を倒すつもりだったが、今やもうそれすらできない状況に陥ろうとしている。

このまま戦い続けるか、一度本陣周辺を固めて立て直すか——とはいえ、カイの存在一つが戦況を変えてしまうようでは、退却すらできないのではないか。

様々な考えが頭の中に浮かび、それと共に焦燥感《しょうそうかん》が募った時——魔物の雄叫《おたけ》びが聞こえてきた。それは戦場ではなく、明らかに敵の居城からのものだった。

「……ふむ」

カイの動きがピタッと止まった。ユキト達は肩で息をしつつも、戦意を維持し彼と対峙《たいじ》する。

「時間のようだ」

「退却するつもりか？」

「今回の戦いはあくまでそちらの戦力を減らす……というより、状況をイーブンに持ち込みたかったという思惑がこちら側にあった。それを果たしたことで、今日の戦果としては十分ということさ」

そう述べた後、カイは視線を人間側の本陣へ向けた。

「それに、いくら僕でも今本陣へ踏み込んで無事に済むとは思っていない……今日はここまでにしよう」

カイは一方的に告げた後、剣を鞘《さや》に収めた。

「明日、本当の決戦になるだろう。ユキト、それまでに……覚悟は決めた方がいいよ」

「カイ……！」

名を呼ぶが彼は答えることはないまま、歩き始める。生き残っていた騎士は剣や槍《やり》を向けようとするが、

「今日の戦いは終わった。これ以上やるなら……こちらも相応の礼節を尽くさなければいけないけれど、どうする？」

——声は、ひどく優しいものだった。しかしその空気に気圧《けお》されたか、騎士達は目を見開いて刃《やいば》を下ろし、カイに対し道を空けた。

そして無人の野を進むようにカイは歩いていく。ユキトはそれを見送りながら、どこまでも自分の無力さを痛感した——

＊　＊　＊

「……あれだけの力があれば、観察なんて必要ねえだろ」

ザインは今日の戦いを見て、そんな風に呟《つぶや》いた。

魔物の咆哮《ほうこう》と共に、邪竜側が退いていく。戦場がどうなったのか横から見れば明らかだった。カイを食い止めるべく騎士達を派遣したローデシア、マガルタの両王国軍は信奉者による攻撃を受けて相当な痛手を被《こうむ》った。これは戦力が減ったとみた信奉者達が攻勢を掛けたのが原因であり、示し合わせたものではないだろうとザインは考える。

「というより、カイの野郎が仕向けたな……信奉者と直接顔を合わせているわけではないはずだが、それでもなお心理を読み取っていると」

唯一フィスデイル王国軍だけは戦線を維持してローデシア王国側に援軍を送っていた。元々他と比べて戦力差があったことから後方へ騎士を送れず、それが結果として戦線維持に寄与した。もしフィスデイル王国軍まで崩壊していたら、魔物や悪魔が中軍にまで押し寄せたかもしれない。

「ただ邪竜側も信奉者が複数やられてる。戦況は一進一退……ってところか。まだシャディ王国とベルファ王国の軍は動いてねえ。だが邪竜側もカイが本気を出していない」

呟きながらカイを見据える。彼の歩く場所から騎士は離れ、邪魔立てする者は誰もいなかった。

「そういえば今日は城へ戻り信奉者共と話をするとか言っていたな……連絡も、こいつでやると」

ザインの傍《かたわ》らには、カイが残した使い魔であるネズミが一匹。これを利用して、今日見た戦場の状況などを報告することになっている。

戦争が終わるまで、ここには戻らない――そうカイは語っていた。連絡については今すぐにでもできるが、他にどうすれば良いのか。

両軍が退いていく。二日目の戦いが終了したとザインは確信すると共に、自分のことを考える。

（カイの野郎は邪竜と手を組んでいる。しかし最終的に邪竜と争うため、俺を引き入れて利用しようと考えた。俺は信奉者共の情報を持っており、なおかつ裏切ったことで行く当てのない存在……利用できると考えたわけだ）

その事実にザインは怒りを覚えたが、今は憤慨しても仕方がないとして、頭を冷やす。

（情報を伝える以外には自由にしていいとカイの野郎は言っていた。実際、俺を監視するような使い魔もいないからそこは間違いない。ただし――）

ザインは確信をもって断定する。

（奴は俺が必ず何かしらの形で裏切るだろうと……いや、場合によってはそのタイミングすら推測している可能性がある）

今日の戦い、何から何まで全てカイの手のひらの上だった。それは俯瞰《ふかん》して戦場を観察していたザインには明瞭に理解できた。

（自分の力をどう示せばどう敵が動くのか、おおよそわかっていた……もちろん、想定外のことだってあるだろう。やろうと思えば中軍の戦力をさらに減らすことはできたし、そうしたかったはず……とはいえ）

ザインは人間側の本陣へ視線を移した。

「何かやろうという気配はあったからな。それを含め、引き際だと考えたか」

――ザイン自身、力をほとんど持ってはいない。けれど魔神の力を宿した残滓《ざんし》か、魔力を探知する能力は信奉者をも遙《はる》かに凌駕《りょうが》するほどは持っていた。

それにより、人間側の本陣に策の気配を見て取った。

「カイの野郎はこれに気付き、だからこそ潮時だと考えた」

カイは策によって怪我《けが》をするリスクがあると考えた。タイミング良く撤退の合図は来たが、おそらくそれがなくともカイは引き揚げていただろうとザインは推察する。

「つまり、戦場で次に何が起こるのかすら、理解している……ここまでできるのに、なぜ俺をかくまうような真似《まね》をするのか……まあいい、なら俺はどうするかって話だ」

邪竜側に再び与《くみ》するというのは不可能だ。カイは邪竜に対抗するためザインを引き入れた以上、彼の仲介でというのもあり得ない。仮にそうなったとしても、一度裏切った存在を信奉者が許すはずもない。

他に考えられる可能性としては、人間側に与《くみ》すること——とはいえ、自分がこれまでやってきたことを鑑みれば、味方になる可能性はゼロだ。

「……一応、土産についてはあるんだがな」

戦場で戦っていたカイの姿を見て、ザインは魔神の力の残滓《ざんし》——それをもってして、彼の隙《すき》を見いだすことができた。それは指摘されてもわからないようなわずかなもの。戦っているユキトでさえ気付くことはなかっただろう、小さな揺らぎ。

だが、もしカイと互角に戦える状況となったら——場合によっては、その揺らぎが勝敗を決するきっかけになり得るかもしれない。

「これをカイの野郎に教えたら、弱点を埋めて文字通り完璧になるな」

なおかつ、こうした情報を伝えることでカイの信用を得られる——と、考えたところでザインは苦笑した。

「無理だな。奴は間違いなく……俺が裏切ることも想定している」

言葉では語らないが、ザインの存在をいなくても問題ないレベルに留《とど》めているはず。

「なら……奴の意表を突く手は何だ？」

ザインはここからどうやって自分が——全てを手にすることができるのかを思案する。

この程度のことを考えるのもカイの想定内だろうとは予想できるが、

「……あらゆる想定を上回るだけの何か。そうでなければ、奴は超えられない。で、問題は超えてどうするのかって話だが……」

軍が退却する中でザインは考え続ける。とはいえ時間はあまりない。カイはこの戦いに勝利しなければならないと告げていた。明日、戦争はどういう形であれ決着がつくというのは想定できるし、だからこそ早急な判断が必要だった。

「……奴の手のひらから脱する必要がある。だが、それを察知した時点で奴は逃げる」

聖剣がどれほど圧倒的であっても、今日の戦いぶりを見ても過信していないことがわかった。仮に、人間側にカイを脅《おびや》かす存在が現れたとしたら、カイはおそらく直接対峙《たいじ》せず搦《から》め手を取るだろう。

「俺が見たカイの弱点を人間側に教えたところで……それを察した時点で奴は引き揚げるかもしれない。なおかつ、俺が教えたと勘づく可能性もあるだろうな」

その時、ザインは前日に行ったカイとの会話を思い出した。人間側の切り札。それがこの戦いで出てくるかどうかはわからないが――

「……これで、カイの野郎を出し抜けるかどうかはわからないし、人間次第だが……」

まずザインは使い魔であるネズミに、今回戦場で見たことをメモし、紙をくりつけた。途端、走り去る使い魔。それを見送ったザインは、自らの手で影を生み出した。

「これ自体賭けだが、まあ付き従っていても死ぬだけだ……なるようになれ、だな」

全ては自分が望むものを手にするため——今から実行することで手に入れる可能性がどうなるのかすらわからない。だが、

「……ああ、俺は根っからの反逆者だな」

そんな呟《つぶや》きと共に、影は戦場となっている平原から走り去った。

＊　＊　＊

カイの凱旋《がいせん》は静寂に包まれていた。彼は、既に退却を行った信奉者達の視線を一身に集めながら入城した。エントランスで待っていたのはグレンに加えて女性の信奉者。

「待っていました、カイ様。戦い、まさしく無双と呼べるもので私達は感嘆しました」

「これで、ある程度は信用してもらえるのかい？」

「ええ、私達はあなたを歓迎する」

女性が進み出る。妖艶《ようえん》な声と共に、彼女は自己紹介を行う。

「レーヌよ。主様の指示に従い、霊具などの検証や研究を行っている」

「技術関連の担当というわけだ……さて、僕のことについては信用してもらえたとして、どうする？　聖剣については、あなた達も検証したいところだろう？」

「ええ、まさしく。とはいえあなたとて無条件に渡すわけにはいかないでしょう？」

「確かに、この場で聖剣を手放せば、後ろから斬られる可能性も否定できないな」

信奉者達の気配が変わる。中にはまだ疑義を持つ者だっているはずだ。

「研究をするなら、僕も参加させてもらう……レーヌ、今からでも構わないが、どうだい？」

「戦場にいたというのに、問題はないのかしら？」

「聖剣の力を全力で引き出したわけではないからね」

――ここまで性急に動くのには、理由があるのではと信奉者側は穿《うが》った見方をするかもしれない。とはいえカイとしては、可能な限り早く技術に関する情報を得たいところだった。

それはザインへ教えるため――ではあるのだが、少しでも早い方がいいと直感していたため。戦争を行っているわけだが、それを理由に一日延ばすことが、邪竜との争いに致命的になるかもしれないという考えだった。

「……わかったわ」

レーヌは首肯し、城の中へと案内する。グレンもそれに追随したところで、カイは一つ彼へ尋ねた。

「僕のことはどの程度邪竜から教わっている？」

「まだ何も……というより、我らが主はあなたと話をして、どこまで話すのか決めたいようです」

「そうか……わかった。なら技術の検証後、話をしよう」

グレンの瞳に興味の光が宿る。とはいえ邪竜がまだ話さないと表明しているためか、好奇心に駆られ尋ねはしなかった。

やがてカイ達は城の奥にある研究室へ辿《たど》り着く。所狭しと資料の束《たば》が置かれている様を見て、カイは一つ感想を述べた。

「下手すると霊具の研究はこちらの方が熱心にやっているね」

「とはいえ、期待に添える結果には至っていない」

レーヌはそう応じると、カイへと向き直る。

「聖剣……ある種、霊具の頂点とも言っていいそれを解析できれば、私達の勝利は近づく」

「そうだね」

「ただ、私としては一つ気になることがある……あなたにとって聖剣は生命線とも呼べる武器。それを解析され、例えば模倣《もほう》されてしまえば、あなたにとって不利益にならないのかしら？　私達がもう用済みだとあなたのことを――」

「聖剣を解析し、対策できるのならそれでも構わないと思うよ」

その言葉は、レーヌにとっても意外だったのか眉をひそめた。

「ただ、聖剣は天神の力そのものだ。解析できたとしても、模倣とか聖剣の力を応用するとか、そうした域にまで到達することは……邪竜とて、困難だ。仮にできたとしても、相当な歳月が必要になるね……聖剣を解析し終える前に、僕や邪竜は目的を達成している。考えるだけ無駄さ」

説明を聞いて、レーヌは一度押し黙ったが――やがて、

「なるほど、わかったわ……しかし、グレン。聖剣使い……ずいぶんと癖のある御仁《ごじん》のようね」

「私も驚いているところですよ……いやしかし、それがあなたの本性であったのなら、今まで騙《だま》し通せたのが驚きです」

「そうだね……ま、その辺りのことは後にしよう」

そこまで述べるとカイは、レーヌとグレンを一瞥《いちべつ》し、

「時間が惜しい。まずは技術検証を始めようか。とはいえ僕も専門家というわけじゃない。まずは信奉者レーヌ、あなたがやってきた研究成果についても確認したい――」

＊　＊　＊

戦いの結果は散々であり、騎士達を引き戻したのが仇《あだ》となってローデシア王国とマガル

タ王国両軍の痛手は相当なものとなった。

「明日、十中八九敵は今日以上の攻勢に出るだろう」

本陣、テーブルを囲み話し合う王族とユキト達——口火を切ったのは、レヴィンだった。

「敵としては援軍の可能性がある以上、長期戦に持ち込むのは厳しいと考えるはずだ。それに、こちらには大規模魔法がある。城は結界に阻《はば》まれて攻撃はできていないが、時間を掛ければ突破できるだけのものは構築できる」

レヴィンはそこまで語ると、シェリスへ顔を向けた。

「解析の進捗は？」

「急ピッチで作業を進めていますが、あと数日は掛かります」

「敵としては結界を破壊される前に勝負を決めたいところだろうな……今日の戦いである程度信奉者を倒せたが、主力は残っているに違いない。明日は、正念場だな」

「——問題は、勇者カイだ」

レヴィンに続き、ラオドが語り出す。

「今日の戦いぶりを見てわかった。特級霊具所持者ですら、相手にならない……来訪者であるユキト君達に任せるしかなさそうだ」

「それは、わかっているけど……」

　ユキトは言葉を濁《にご》した。この場にいる面々は誰もが理解できている。今日の戦い――それを踏まえれば、たとえ来訪者でも厳しいと。

「カイが全力で動き出すのなら……それこそ信奉者を率いて戦うのなら、止める手立てはもう――」

「――それについてですが」

　ユキトの言葉を遮るように、騎士エルトが発言した。

「フィスデイル王国から連絡が来ました。明日、ここにリュシル様が到着します。切り札を持参して」

　エルトの言葉に天幕にいた者達はにわかに注目する。

「リュシル様が具体的にどのような切り札を用意しているのかはわかりませんが、少なくとも聖剣に対抗できるものだと」

　説明を受け、問い掛けたのはレヴィン。

「なら、明日はその力で勇者カイに対抗すると？」

「はい……ただし、この技術は他ならぬカイ様の提案によるものです」

　その言葉により、再び天幕の中は重い空気に包まれる。

「つまり、カイ様は当然この手法については知っている……ですがリュシル様によると、聖剣に対抗できる手段はこれしかないと」

「把握されているのを踏まえても有効だと」

「そのようです。けれど、食い止めるだけでなくカイ様を倒せるかどうかについては……わからないと」

「勝負できる段階にまで到達できれば、戦略にも目処《めど》が立つ。今日のような失態にはならない」

「相手もわかった上で戦術を組み立ててくるでしょうから、厳しい戦いは予想されますが……リュシル様によれば、ここから先はどれだけ相手の想定を上回れるか。あるいは、相手の予想を超える何かを出さなければ、勝つのは難しいと」

「どういうことだ？」

聞き返したレヴィンに、エルトは神妙な顔つきのまま話す。

「カイ様の能力は聖剣以外にも、あらゆることを想定できるだけの戦術眼にあります。並大抵の戦略では想定され、カイ様は聖剣を用いて対策してくることでしょう」

「だからこそ、意表を突く手段がいると」

「はい。一日しかありませんが……カイ様の考えを上回るだけの軍略を、導き出したい」

非常に難しい――と、ユキトは思ったがそれをしなければ、勝てない。

「……敵は昨日の負けを完全に取り返した」

少し間を置いた後、レヴィンが話し出す。

「聖剣使いを味方に引き入れたことで士気も高くなっただろうし、明日も……彼を止めなければ、この戦いには勝てない」

苦笑するレヴィン。その顔は、今回の戦いについて無力感に苛《さいな》まれているようにも見えた。

「今回の戦い、俺達は来訪者の力を借りずとも戦えることを証明したかった……が、最後の最後で君達に頼ることになる。勇者ユキト、特に君は――」

「絶対に、勝つ」

ユキトが発言する。その表情は重いものであったが、使命感に満ちていた。

「リュシルさんと組んで、カイを倒すために全力を尽くす……他の仲間が信奉者との戦いを支援し、城へ踏み込む。それで、なんとか……」

「そうだな、それしかない。助力感謝する……こんなことを言うのは軍を率いる者としては失格だというのはわかっているが、言わせてくれ」

レヴィンは――いや、この場にいる竜族や王女達も同じ意思か、ユキトへ視線を集中させる。

「この世界を……救ってくれ」

その言葉に、ユキトは無言のまま頷《うなず》いた。

第十九章　天の神

二日目の戦いで、人間側は被害も多く速やかに立て直す必要に迫られた。その上で三日目の戦いに勝利しなければならず、間違いなく苦境に立たされた。

そうした中、戦争の決着はカイとの戦いに委ねられた――それに対し、ユキトのパートナーであるセシルはこの上ない不安に苛《さいな》まれていた。

聖剣に対抗できる存在がこの世界にはいない――それは来訪者であっても同じだった。にも関わらず、カイの側近として動いてきたユキトの双肩《そうけん》に、戦いの行く末を委ねることになってしまった。

リュシルという助力があっても、彼が背負っているのは間違いない。本当に大丈夫なのかと、ユキトへ声を掛けようとしたのだが――どう話せばいいのかわからないまま、結局セシルは一言も発することができなかった。

ユキトは明日に備えて休むと告げて一足先に天幕の奥へと引っ込んだ。よってセシルはエルトと共に明日《みょうにち》、フィスデイル王国軍がどう立ち回るのかを相談することに。

二人は本陣内の一角で、立って向かい合う形で話し合う。現状を洗い出した後、エルトはセシルへ向け語り出した。

「カイ様との戦いに巻き込まれなかったため、フィスデイル王国軍の被害は少ない。しかし、今日の戦いでは、信奉者からの攻撃によって防戦一方だった」

「私は明日、どうすれば？」

「それについては、リュシル様とも相談しなければなりません。ユキト様と行動するのか、それとも作戦会議で話した通り、城へ踏み込む部隊に組み込まれるのか」

――セシルは自分がどうしたいのか自問自答した後、答えはないと悟る。ユキトの援護に回ったとしても役に立てるかどうかわからない。一方で彼だけに背負わせるわけにはいかないとも感じる。

（今考えるべきではない……）

セシルがそう結論を出した時、エルトがさらに口を開く。

「我が軍は今日の戦いにおいて傷が一番浅い。よって、場合によっては城へ突入する際、主導的な役目を担うかもしれません」

「その場合、ユキト以外の来訪者は……」

「彼らが全員私達と共に、となるのかもわかりません。今日被害が大きかったマガルタ王国、ローデシア王国の戦力を穴埋めするために分かれる可能性もあります」

「なら私は、その可能性を考慮し来訪者達に説明を――」

「いえ、それは私がやります。騎士セシル、あなたは明日に備え休んでください」

「え、しかし……」

「――もしかすると、あなたは今日の戦いで何もできなかったと、無力感を抱いているかもしれない」

エルトの発言に、セシルは押し黙る。

「正直なところ、聖剣の力の前にはこの世界の人々は無力です……無論、それで納得することはできないと思いますが、あなたの価値が消えたわけではない」

「私の、価値ですか……？」

「来訪者……特にユキト様のパートナーを務めているということで、なんの役職にも就いていませんが、あなたの実力は、もう騎士団長として軍を率いてもおかしくないぐらいですよ」

そう言われてセシルは面食らった。次いで、

「それは単に霊具が成長したからであって――」

「あなたの剣の特性から考えても、軍を率いる能力は優れていると思いますが」

「あ、う……」

「とはいえ、そうするつもりはありません。団長になるためには実績も必要ですしね……私が言いたいのは、あなたはもうフィスデイル王国の騎士団にとってなくてはならない存

在になっている。故に来訪者と共に戦う以外にも、任せることが出てくる」

セシルはエルトの言葉を受け、身震いする。

「騎士セシル、明日……勝ちましょう」

「はい」

返事の後、エルトはセシルへ改めて休むよう告げ、一足先にフィスデイル王国軍の陣地へ戻っていった。

彼を見送った後、セシルはこれからどうしようかと考える。エルトの指示通り自分が寝泊まりしている天幕へと戻るべきだったが、セシルは少しばかり考え込んだ後、拠点の中を歩き始めた。

本陣内には忙《せわ》しなく動き回る騎士や兵士の姿がある。明日は一大決戦――援護に回っていたシャディ王国やベルファ王国の軍勢も参戦する段取りであり、まさしく総力戦で挑む準備が進められていた。

カイのことはユキト達に任せ、他の軍勢で城へ向かう――とはいえ、信奉者達がいる以上、果たして勝てるのかという疑問はつきまとう。

こちらは大軍勢ではあるが、巣を破壊し城を制圧するまでにどれだけ時間を要するのか――セシルが明日のことを考えていると、視界にメイの姿が映った。

「メイ！」

セシルは呼び掛けながら近づく。彼女は仲間達の元へ戻ろうとしていたようだが、声を聞きつけ首を向けた。

「セシル、怪我《けが》とかは——」

「私は平気。メイの方はどう？　私達を援護してくれたのはありがたいけれど……相当な強化を施したし、怪我人の治療も——」

「まず、霊具の効果については結構疲れたよ。でも、ライブほどじゃなかった」

メイはそう言うとニカッと笑う。それでセシルは問題ないのだと察した。

「怪我人の治療は——」

「最初手伝っていたんだけど、途中から後は任せてくれと追い出されたよ。力を温存して欲しいみたい」

それはおそらく、カイに対抗するため。彼女の歌声がなければ今日の戦いはもっと悲惨なものになっていたに違いなく、明日も同様の援護が必要だと判断したのだ。

「明日も私は歌う……それと、今日歌っていてわかったことがある」

「それは？」

「私の歌はどうやら、相手が近くにいるほど効果が高いみたい」

その言葉を受けてセシルは無言でメイを見据えた。

「私の声がはっきり聞こえている度合いによって、変動するみたいなんだ」

「効果を最大限発揮させるには、ある程度近くにいないと駄目ってこと？」

「そうだね。だから私も明日は戦場に立つよ」

後方支援を担当してきたメイにとって、初めての世界――けれど彼女の顔に恐怖はない。

「それは他の人達も知っている？」

「もちろん。まずはレオナへ話してみて……たぶん同意してくれると思う。カイと……戦わなきゃいけないし」

彼女もまた、覚悟を決めている――セシルは深々と頷《うなず》き、

「仲間の援護があると思うけど、危険であることに変わりはない。今回の戦い、メイの力は非常に心強いものだから、注意して」

「うん、大丈夫……そういうセシルの方は、平気？」

逆に問い掛けられ、セシルは押し黙った。

平気か、と尋ねられて即答できるような心境ではなかった。カイの斬撃を受け、吹き飛ばされた際の痛みは既になく、明日の戦いに挑める状況ではある。だが――不安要素が山積みとなり、精神的に心配なことばかりだ。

そういう心情を察したか、メイは微笑を浮かべた後セシルへ近寄り、

「少し話をしない？」

「ええ、いいけれど……」

　断る理由がなかったため、セシルはメイと共に本陣の端の方へと移動した。陣を囲うように見張りはいるが、セシル達の周囲にはいない。

「明日、全てが決まると言ってもいいかもね」

　メイはそう切り出した。セシルは頷《うなず》き、

「負ければ、勇者カイを止める手立てはないでしょうからね……そして、彼を抑えるのがユキト」

「リュシルさんが来るんでしょ？　切り札、というのがどういうものなのかわからないけど……」

　メイの言葉はしぼんだ。セシルはもし通用しなかったら、と言ってしまいそうだったのだろうと推察する。

「全力を、尽くしましょう」

　セシルが言う。それにメイは頷いた後――まったく別のことを口にした。

「……ねえ、そういえば気になっていたんだけど」

「ん、何？」

「二人っきりになる機会ってあんまりないから、勢いで尋ねちゃうけど」

　前置きにセシルが眉をひそめると、メイは、

「セシル、あのさ」

「ええ」

「――ユキトには告白とかした？」

　セシルは思わず噴き出しそうになった。その反応を見てまだなのだとメイは理解し、

「うーん、そっかあ……」

「あ、あのねメイ……」

「いや、さすがに私だって今すぐに告白しようなんて言うつもりはないよ？　それに、なんというかセシルはパートナーとして認められた時点で、結構満足しているようにも見えるし」

「……それは、事実ね。確かに私は、色々な人から認められたことで、それまで抱えていたモヤモヤがずいぶん解消された」

　そう言いつつ、セシルは苦笑する。

「原因は、ユキトと並び立てるだけの力を……霊具の成長を果たしたから。単純よね。力を手に入れたから、望むものが手に入って――」

「でも、セシルとしては一番欲しかったもの、なんでしょ？」

　――セシルはメイの質問に頷いた。

「そうね」

「なら、それでいいじゃん。でも、それ以上は……ユキトに、自分に振り向いて欲しいとか、思わないの？」

「……今は、これで十分だと思っている」

セシルはそれだけ言った。本音を言えば——そうした呟《つぶや》きを心の隅に追いやった時、さらにメイから質問が飛んだ。

「セシルとしては……どういう終わり方を迎えたい？」

「え……？」

「私達が戦って勝つのは当然として……そこから先。ユキトがどういう選択をするのか。より具体的に言えば、残るのか戻るのか気にならない？　そしてそれは、セシルの望む形なのか——」

「それは……」

セシルは言葉をつぐむ。そんな態度を見せる彼女に対し、メイはさらに続ける。

「もちろん、セシルだけの問題じゃないのはわかる。ユキトの考えもあるだろうし……でも、セシルだって自分の気持ちがあるでしょ？」

「要求できる立場にないと思う……私達はあなた方を招いてしまった側だから。どれだけメイが言っても、その事実は変わらないもの」

「そうなのかなあ……」

「なら逆に訊《き》くけれど、メイはどうするの？」

「以前なら、帰ると答えていたかもしれないけどね」

その言葉に、セシルは驚いた。元の世界で確固たる立場を持っていた彼女。そんな彼女が、揺れ動いている。

「この世界を知れば知るほど……迷う自分が強くなっている」

「そう、なの……」

「でもね、セシル。これはいいことなんだと思う」

そしてメイの口から、思わぬ言葉が飛んできた。

「迷う時は、心が苦しくなる……セシルだってそれは同じでしょ？」

「ええ、そうね」

「でも、その迷いから解き放たれた時、人は一回り成長していると思うんだ。私や仲間がどんな選択をするのかわからない……悩んだ末に出した答えに、後悔だって生まれるかもしれない。でも、それが……人が成長する、ってことなんだと思う」

「メイ……」

「だから私達は、決めないといけない。自分をより強くするために……そして、この世界の人に答えを明示するために」

「──本当、来訪者はできた人達ね」

それは、横手からの声だった。セシルが即座に視線を移すと、リュシルが立っていた。

「リュシル様……!?」

「驚く必要はないでしょ？　切り札を携え、ここに来るつもりだったわけだし」

「しかし、予想以上に早く……予定では明日――」

「……どのようなことを聞きつけ、急いで来たの。明日までに間に合わせる必要があるから」

「……どのような手法かは具体的に知らされていませんが、賭けであることは間違いありませんよね？」

「ええ。そしてそれを託すのはユキト……パートナーであるセシルとしても不安はあるでしょうね」

セシルは同意して頷《うなず》く。これは本心からのものだった。

「ですが、ユキトは戦うと答えるでしょう」

「そうね……今から彼の所へ行く。セシル、あなたもついてきて」

「私も？」

「パートナーである以上、情報共有は必要でしょう？　あ、メイもついてきて。あなたの能力でユキトを強化する際、事前に知っておいた方がいいでしょう」

「わかった」

リュシルは「では」と一声添え、二人を先導するように歩き始める。

「行きましょう……ただ、聞いていると思うけれど今回の手法はカイが提案したもの」

「はい、わかっています。だからこそ、切り札と共にカイに対するさらなる策が必要になると」

「そうね……」

リュシルは言葉を濁《にご》した。何かあるのかとセシルが声を掛けようとしたが、それよりも先にリュシルは話し出す。

「ごめんなさい、何でもない。まずはユキトへ説明し……明日の戦いに向けた準備をする。時間としては二時間くらいかしら？　一度くらいは能力を試したいところだけれど……この調子だと、おそらくぶっつけ本番になるでしょうね――」

＊　＊　＊

レーヌから様々な情報を受け取ったカイは、それらの内容を使い魔のネズミへと記憶させ、ザインのいる所へと解き放った。その使い魔は聖剣の力によって事前に生み出されたもの。邪竜にも知られていない。

「これで、やるべきことは終わったな……」

場所は廃城内であてがわれた一室。窓もない部屋で魔法の明かりだけが照らされている。ただ客人を迎え入れるために掃除くらいはしたのか、部屋の中は片付いておりベッドのシーツも真新しいものだった。

とはいえ、廃城であることを示すように壁に穴が開いてそれを板材で無理矢理補修している箇所もある。だからこそ使い魔を部屋から出すことができたわけだが、

「――カイ様、よろしいですか？」

ふいにノックの音と同時にグレンの声がした。カイはそれに応じ部屋の扉を開ける。

「我らの主が話をしたいと。それと、お食事を」

「わかった」

グレンの言葉に従い、カイは廊下を歩む。少しして辿《たど》り着いた場所は、自室と同様に魔法の明かりによって照らされた、会議場のような場所だった。

どこから持ち込んできたのか長いテーブルが中央に置かれ、食事の準備ができていた。カイが座るとグレンが右隣の席に座る。そこに広間へ入ってくる足音が聞こえ、カイが振り向くと、

「どうも」

レーヌが歩み寄り、カイの左隣へ座った。

「そういえば常々疑問だったのだけれど、信奉者は食事をするのかい？」

「大気中にある魔力を吸えば……つまり呼吸をすれば活動はできる。食物を摂取してもそ

の中にある魔力を取り込めばいい」

「どちらでも構わないと」

「でも、食事しないって、味気ないでしょう?」

「違いないね」

「私の方はまだ人の身であるため、こうして食事が必要ですな」

グレンが言う。そこでカイはテーブルに並べられている料理に目を向け、

「厨房《ちゅうぼう》が使い物になっているのかもそうだけど……誰が作ったんだい?」

「私の使い魔です。便利なものでしょう?」

「なるほど……それと、こうして三人で並んでいるということは、いよいよ話をするのだろう?　他の信奉者は?」

『――語る必要はないと断じた』

それはカイの真正面からだった。見れば、いつの間にか漆黒《しっこく》の塊が現れている。

『しかしグレンとレーヌは重要な立場を任せている故、話に参加させる』

「なるほど、ね……そういえば、一つ質問がある。僕はあなたをなんと呼べばいい?」

『今は人間の呼び名である邪竜で構わん。いずれ、変わるだろうが』

「わかった。ならば邪竜と呼ばせてもらうよ……さて、これからのことを説明するのかい?　それとも、先に僕がなぜここにいるのか二人へ説明する?」

『まずは事情の説明からだな』

「わかった。ああ、食事は勝手にとらせてもらうよ」

カイはおもむろにパンをつかみ、それをちぎって口へと運ぶ。

「うん、パンの味も悪くない」

「それは何よりです。宮廷の味に慣れてしまって物足りないと感じられてはと不安もありましたが、大丈夫そうですね」

グレンは話しながらスープを飲む。

「ふむ、カイ様の方から話をしていただくべきか、それとも質問形式にしますか……」

「いや、僕が話そう。まず前提となっている部分だが、この世界へ召喚される際、邪竜によって僕は記憶を消された。そしてそれは、仲間には伝わっていない」

「ほう、ということはあなたがこちら側の人間だということ自体、他の来訪者にとっては信じられないと？」

「そうだ。今日の戦い、僕が裏切ったことで混乱していれば、数人は倒せたかもしれないが……まあ操られているとか理由はいくらでもつけられる。立て直しはすぐだったみたいだね」

カイがコメントする。それに反応したのは、レーヌだった。

「あまりの展開に感情が追いついていない、ということでしょう」

「そうだね。けれど、霊具による精神の均衡……その影響で体は動いていたと。その辺りの見立ては、少しばかり甘かったかな」

「そう……で、肝心の部分だけれど、あなたはこちら側に与《くみ》して何をするのかしら？」

「有《あ》り体《てい》に言うなら、邪竜との共闘だ」

端的な物言いにレーヌも、グレンも眉をひそめた。

「僕はこの世界へ辿《たど》り着く寸前に、邪竜に意識を繋《つな》ぎ止められて話をした。お前が抱えている野心は知っている。それを成し得るために絶対的な力が必要だ……ならば、それを私が提供しよう、とね」

「それに、あなたは同意したの？」

「提供、といっても無償で差し出すというわけじゃない。それでは交渉にならない……邪竜はまず、この世界に召喚されて聖剣を使いこなして欲しいと告げた。野心に関わる記憶を失っても、貴殿は聖剣所持者として戦う道を選択するだろう。だからまずは、自らを鍛え自分……つまり邪竜と戦えるだけの力を得よと」

『それをすることで初めて、我が野望も成し遂げられる』

邪竜が告げる。それに応じるようにカイは首肯し、

「邪竜と僕……双方が強くなってこそ、目的は成し遂げられるというわけさ。そして肝心の目的とは……世界を支配する力を得ること」

『魔神と天神、二つの力を有することで、あらゆる存在を凌駕《りょうが》する力を得る』

「それに僕は同意し、記憶を消して戦った……ここまでの戦いは僕の力を完全にするためのもの……もっとも、信奉者達は自分の地位を引き上げるべく国を落とそうとした。ザインのように僕を精神的に追い詰めようとした……それらは全て、本当の戦いだった」

『貴殿がそれで心を折られたら、容赦なく終わらせようと思っていたが』

「仲間がいたからね……とはいえ、その全ては記憶を取り戻したことで意味がなくなったけれど」

冷徹な言葉に、グレンやレーヌは押し黙る。それと同時に二人は理解したはずだった。目の前にいる聖剣所持者は、仲間の存在よりも蘇《よみがえ》った記憶――野心を何よりも重要視しているのだと。

「話を進めようか。邪竜と僕は野望を叶《かな》えるために手を組むことになった……邪竜の目的を知った時、記憶が戻るように仕組まれていた。結果、僕はここにいる」

『本当は我が本体との戦いの中で戻すのが効果的だったのだが、な』

「推測でも頭に浮かべてしまったら、駄目だったみたいだね」

――本当はザインをきっかけにしているのだが、カイはそれを話さない。

「ま、僕としては都合が良かった。何せあなたの目的……それを果たすのはどうやら道半《みちなか》ば。つまり、僕とあなたの決戦に際し、こちらが多少有利になったというわけだ」

「決戦……？」

呟《つぶや》いたのはグレン。そして答えたのは、漆黒《しっこく》だった。

『我らの目的……二つの神の特性を得ることは可能だが、手法により問題が一つ。方法としては融合に近しいもので、我が意思と聖剣使いの意思……その二つのどちらが主導権を握るのか、という点は決まっていない』

「それは、つまり――」

「僕らは手を組んでいるが、最後は一騎打ちで勝負を決める……どちらが主導的な立場を取るのか、ね」

『そこについては同意の上だ。なおかつ、どちらが勝利したとしても目的は何も変わらない。あくまで我が意思と聖剣使いとの間だけに関係する事柄だ』

「非常に興味深い話ですが……なるほど、私としてはどちらが勝利したとしても、忠義を尽くしましょう」

「私も同じく」

グレンとレーヌはあっさりと同意した――カイはその心理を読み取っている。天神と魔神、二つの力――究極の存在とも呼べる力に対し、畏怖《いふ》と期待を持っているのだ。

「これで一応、僕の目的については理解できたかい？」

「ええ、おおよそは……そしてカイ様、あなたの野望についてですが」

「うん、僕はそうした力を得たいという願いを元々抱えていた」

「魔法という、あなた方の世界にとって超常的な力を、ですか？」

「それが荒唐無稽《こうとうむけい》であることは理解していたよ。だから僕は誰にも話さなかったし、向こうの世界で言うなら子供じみた願望を表明することはなかった」

「だからこそ、仲間である者達もわからなかった、と」

「そうだね」

「……もう一つ質問ですが、なぜ力を得ようと？　あなたの素性はお伺いしていますが、それでは不十分だったと？」

「ああ、その通りだ」

即答だった。さしものグレンも驚いた様子を見せる。

「でも、それが僕の本質だ……野心。力を渇望する願い。この世界の力こそ、僕自身が求めてやまないものだった――」

カイ――藤原海維《ふじわらかい》は、誰もが羨《うらや》むような形で生を受けた。大企業の御曹司《おんぞうし》。それを背景としたカリスマ性。文武両道で、スポーツは練習すれば、鍛えれば望むままの結果を得ることができたし、勉強も同じだった。

両親からの期待を一身に受け、カイはそれをやり遂げた。求められるものを理解し、それを苦痛もなく受け入れ、実行してみせた。将来は政治家か社長か――というのも、納得できた。

そして誰も敵を作らない穏やかな性格で、カイは誰も彼をも味方につけた――まさしく完璧な人間。だから欲しいと望むものがあれば親を始め誰もが動いてくれて全て手に入った。一方でカイも「戦車が欲しい」などという荒唐無稽なことは言わなかったし、節度はきちんとわかっていた。

そうした人生の中で、信頼を失ってはいけない――その点について病的なまでに執着してしまったのは事実だったが、カイの本質はそこではなかった。原点は、幼少の頃に見ていたアニメだった。

彼の両親は望むものを何でも与えていたため、ゲームやアニメもそれに含まれていた。むしろそういうものを与えても、きちんと勉強も習い事もこなしていた。だから、遠ざけられることなどなかった。

ただ、それがカイを歪《ゆが》ませる――いや、身の内に野心を宿すきっかけとなった。

根源は小説が原作のアニメ化作品だった。内容は世界を脅《おびや》かそうとしている敵を、偶然魔法を習得した主人公達が打倒するというストーリー。どこにでもある、極めてありふれた内容のアニメだったが、原作が完結していないという影響のためか、アニメの終わりはひどく投げっぱなしであった。

結末は、主人公達は多数の犠牲を経て宿敵を倒したが、それは偽物で宿敵が再び侵攻を始める、というもの。主人公達は満身創痍《まんしんそうい》で、宿敵がいずれ世界を統《す》べる――と推測できる終わり方であり、後でカイが調べたところによると、あまりの内容にアニメは炎上したらしかった。

けれど、当時見ていたカイの思いは違っていた。子供の時分において衝撃的だった終わり方に対し、カイは考えた。あのまま宿敵は――間違いなく、世界を支配できると。

その時、カイは子供でありながら自らの願望を理解した。まだ政治構造など深く理解していたわけではないが、確信していた事実がある。それはたとえ一国の主《あるじ》になっても、国の全てを手中に収めることなどできない、というもの。

日本には総理大臣がいる。アメリカには大統領がいる。彼らは政治を動かしているが、彼らが実現しようとしていること全てが通るわけではない。反対勢力がいるし、支持者からの反発だってある。王がいる国ならば――それこそ石油王クラスならば不可能ではないかもしれない。だがカイの素性でそれを目指すのは無理だった。

自分の頭の中で考えていること全てを実現できるわけではない――その事実は成長していくにつれて、より実感していくことになる。

そうであってもカイは、自らの力で思うように世界を動かしたいと願った――それは子供の頃に夢見るような空想の産物と変わりはない。普通であれば成長するに従い自然と消えていく願いは果たして、求めれば何でも手に入るカイにとっては残り続けた。

だからこそ、影響を受けたアニメの中でこれだと考えてしまった。完全なる悪——全てを支配する悪。自身がそうなることで、自分の力により世界を支配できるのではないか。無論、現代の科学兵器をもってしても実現困難であるのはカイも気付いている。だが、何か方法があるのでは——などと夢想していた時、カイは召喚された。

ユキト達と同様、地球から引っ張られるようにこの世界へと辿《たど》り着いたが、他の者達と決定的に違うのは、世界に降り立つより前にとある存在——邪竜と出会っていた点だ。

『我は貴殿の願望……その野心に目を付け、協力を持ちかけている』

誰にも話したことがない、自分の野心を言い当てられて最初カイは動揺した。だがすぐに引き込まれた。言う通りにすれば、世界を支配できる力を得る——カイは、邪竜から様々な話を聞いた。この異世界では天神と魔神が過去争っていた。最終的には相打ちのような形で滅び、現在残っているのは双方の残滓《ざんし》だけ。唯一、天神が生み出した聖剣は存在するが、それはあくまで天神の力を宿したものであって、本体ではない。

『天神と魔神……二つの力を再現するのは可能だ。我が力をもって、世界を侵略しているが、その過程で得た技術で近しいものを生み出せる。だがそれは所詮、神の模倣《もほう》だ』

「つまり天神と魔神、双方を再現することはできていない」

『しかし我が力と貴殿の力……それを合わせれば、二つの神を超えた存在となれる。模倣と武器……本来の力ではないが、二つが合わされば、超えられる』

突拍子もない話だとカイでも思った。だが、二つの力が混ざり合えば――そうした事実は知識がほとんどないカイにとっても、魅力に感じた。それは召喚という超常的な現象を体験していたためか――

『だが、ここで問題が一つ。二つの力が融合したとして、その身の内に宿る意識は一つしかない』

「つまり、僕とあなたのどちらか……意識が消えると？」

『二つの意思が統合する。とはいえ、問題はどちらが主導権を握るのか』

「全ての準備が整ったら決めるのか？」

『いかにも。全てを蹂躙《じゅうりん》し、我が本体が外へ出た時、決しよう。そしてもう一つ』

「もう一つ？」

『記憶を消させてもらう……その野心に関する部分を』

「それは……」

『野心を表には出していない以上、たとえ記憶を消しても他者に気取られる可能性はないだろう？』

――カイはこれまでの人生を思い返してみた。確かに野心などおくびにも出したことはない。それに関する記憶がなくなったとしても、カイは間違いなく世界を守るために動くし、クラスメイトは変化に気付かない。

『完璧な存在となるためには、貴殿もまた強くならなければならない。聖剣を使いこなすために、そしてその野心を気取られないように……記憶を一時的に消す』

「記憶がなくなることによって、全力であなたを倒すために動くわけか」

『いかにも。なおかつ霊具というのは厄介だからな。例えば、心を覗《のぞ》ける特性を持つものがあれば、多少ながら面倒なことになる』

「僕が相応に強くなるまで、記憶を封じておけば……少なくとも味方側から疑われることはないと」

『記憶が戻るのは、我が目的を聞いた時にしよう。理想的には我が本体と戦っている最中に記憶が蘇《よみがえ》り、その場で戦う者達を始末することだが』

「そう都合良くいくとは思えないけどね」

　カイの言葉に対し――邪竜は、一つ問い掛けた。

『同胞《どうほう》を殺《あや》めることに、忌避感《きひかん》はないのか？』

「……それは僕の記憶を覗いたことで、答えは出ているんじゃないか？」

　逆に問い返すと邪竜が沈黙した。

「抵抗感がない、とは言わないよ。僕の胸には野心があるけれど、犠牲を強《し》いることに対し何か思わないでもない」

『だが、やるのだな?』

「……僕が望むのは、世界を救うヒーローじゃない。その敵となる、全てを支配しようとする存在。それに僕は、憧れたんだ」

ならば、それが手に入るのだとしたら——こうしてカイは邪竜の提案を受け入れ、記憶を消して異世界へと降り立ったのだった。

「野心、ですか」

一連の説明を受けて、グレンはどこか納得したように声を上げた。

「カイ様は記憶がなくなっていたため、最初は本当に邪竜を打倒するため動いていたと」

「この戦いの結末は変わらない……完全に使いこなせるようになった聖剣と邪竜本来の力があれば、いくらでも戦局はひっくり返せる……今は、僕と邪竜が理想的な力を得るための準備段階といったところだ」

そうカイは答えつつ、視線を横にいるレーヌへと向けた。

「あなたの技術はその一つだろうね」

「お褒めにあずかり光栄だけれど、私の技術は我らが主の手助けになることでもあるのではないかしら?」

「それで構わないよ。より力を高めれば高めるほど、完全な力を得ることができる」

レーヌはそれで押し黙った。何より優先すべきなのは絶対的な力――天神と魔神を超える力なのだと理解した様子。

「その果てにあるもの……まずはこの世界を統《す》べること。絶対的な……超常的な力を得た僕らなら、それが実現できる」

『問題は、支配した後の話だがな』

「それについては、いかがしますか？」

邪竜の言葉に続き、グレンが話し始める。

「世界を統べた後、どうするかについては……」

「全てが終わった後に考えればいいさ」

と、カイは肩をすくめ話し出す。

「天神と魔神……二つの力が融合した存在。聖剣を手にして実感した、恐ろしいほどの力。それがあれば、どんな風にでも世界を作り替えることができるだろう」

「世界を……作るですか」

『その中心には、この城にいる者達が担うことになるだろう』

邪竜が語る。それに対しグレンとレーヌは一度頭《こうべ》を垂《た》れた。

『お前達の活動については評価する……たとえ最後の決戦でどちらが主導権を握ったとしても、両者の結末は変わらず栄光を手にするだろう』

「ああ、そこは不安がらなくていい」

そう語ったカイは、少しばかり眼光を鋭くさせる。

「ただ、そうだね……僕が勝利した場合は、もう一つ大きな仕事がある」

「ほう、それは？」

「僕らの世界……その世界もまた、手中に収める」

グレンとレーヌは沈黙。それはつまり――

「この世界を支配するだけじゃない……僕は、元の世界で野心を膨らませ、全てを手に入れたいと願った人間だ」

「つまり、我らの力をカイ様の世界にまで……？」

「そうだ。それを果たしてこそ、僕の野望は達成される」

『この世界とカイの世界……二つを恒久的に繋《つな》ぐことも、超常的な存在となればできるだろう』

カイの言葉に続き、邪竜が語る。

『だからこそカイは我が存在と手を組んだ』

「なるほど、そういうことですか……私も、それに追随してよろしいですか？」

「僕が勝てば忙しくなるだろう。今のうちに、絵図を描けばいい」

そのカイの言葉にグレンは笑みを浮かべる。それはまさに、望み通りのものが得られると確信した表情だった。

『……さて、二人にも相応の力を提供することになる』

次に邪竜はグレン達へ向け語り出す。

『いまだ人の身であるグレン。そして研究に従事したレーヌ……双方には、これまで得られた研究成果の内、強大な二つの力を与えよう』

「魔神、ですね」

レーヌが応じる。それに邪竜は『いかにも』と答え、

『これまで培った技術……天級霊具すらも解析した技術を用い、両者には魔神の力を宿せるだけの体躯《たいく》を得てもらう……ああ、心配はいらない。あくまで強化するのは魔力面。見た目についてはそちらの自由にしてもらって構わん』

「邪竜、魔神というのは――」

カイが問い掛ける。それに邪竜はわずかに漆黒《しっこく》を揺らめかせながら答えた。

『修行の途中で聞いたことがあるかもしれない。大陸で調査され、名称が付けられた魔神。その力を再現し、二人に付与する。それは間違いなく、この世界を支配する一助となるものだ――』

＊　＊　＊

――翌朝。ひどく静まった戦場で、先に人間側が動き始めた。起床し身支度を整え、騎士達は淡々と作業を進める。昨日の敗戦を引きずることなく、今日勝つために準備をしていく。

ユキトは本陣付近にあった天幕で一夜を明かした。既に黒衣を身にまとい、戦闘準備は万全。今にも戦場へ飛び出しそうな雰囲気の中、後方から歩み寄る人物が一人。

「……リュシルさん」

「体調は問題なさそうね」

ユキトは頷《うなず》く。それと共に、昨日のことを思い返した。

「あの技法……カイは邪竜との戦いにおいて、様々なことを想定しているのだと推測できた」

「元々、カイが道半《みちなか》ばで倒れた場合に備えて準備をしていた。さすがにこれを言ったら仲間が怒るだろうと、黙っておくように指示したけれど」

「確かに、何を弱気になっているんだと反発していたかもしれない……でも、様々な策を準備しておくのは間違いじゃない。ただ」

「裏切りを前提とするなら、私にこんな技法を頼むわけがない、ということね？」

「そうだ……でも、カイと視線を重ねて心を垣間見た俺は、なんとなく想像できる。霊具の中に心を読むようなものがあるかもしれない……あるいは俺みたいに心を読める技法を身につける相手と戦闘するかもしれない。それを考慮し、記憶そのものを封じていたんだ」

「実際、騙《だま》すことができた」

「ああ。だからリュシルさんに頼んだ時は、本心から邪竜を倒すためにやったんだ」

「……カイのこと、仲間にはどんな風に説明したの？」

「正直に話したけど、それぞれが色々と解釈しているみたいだ」

「そう……」

「……俺が何を言おうとしているのか、想像できる？」

「ええ。もし、カイを取り戻したければ……願望が元々抱えていたものだとしたら、彼を止めるにはその記憶を消すしかない」

「でもそれはカイという存在を、人格を否定することにもなる」

「邪竜との戦いに勝利するためならば、ユキトの考えが正しいことになるでしょう」

ユキトはリュシルを見返す。周囲で準備が進む中、双方は視線を重ね続ける。

やがて、先に口を開いたのはユキトだ。

「……この世界を平和にするという目標ならば、非情だけれどカイの野心を消し飛ばすことが正解に違いない」

「ユキトが悩むのは当然でしょう。一人の人格と人々の暮らし……人々を犠牲にするようなことになれば、人々は憤慨することでしょう。でも、最終的にどうするのか……その決定権はあなた達にある」

「来訪者である俺達に？」

「ええ、そうよ。カイの野心を否定し世界を救うのか。彼の考えを尊重してなお、世界を救うべく戦うのか……後者の場合は、最後までカイと戦うことになるでしょう」

ユキトは大きく息をついた。普通に考えれば、犠牲の少ない前者を選ぶはずだ。けれど、ユキトの心の内にわだかまりが生まれる。

「……リュシルさんは、どう思っている？」

「あなた達を召喚したのはこの世界の人間……しかも策略ありきで。ただし、記憶をなくしていたカイを含め、あなた達は邪竜を倒すために戦い続けた……それを踏まえれば、あなた達がどう選択しようとも、私達は従うべきだと思う。それが、この世界にあなた達を招き寄せた私達の責務でもある」

「……そうか」

「難しい判断でしょう。どちらを選んだとしても、後悔が残るでしょう」

リュシルが発言した時、セシルが近づいてくるのをユキトは認めた。

その後方には、レオナに加えダイン、さらにメイの姿もある。いよいよ決戦が始まる
——ユキトの心臓が一度大きく跳ねる、と同時に、リュシルはユキトに告げる。

「選択はしなければならない……もちろん助言はできるけれど、最後はユキト、あなたが決めなければならない」

ユキトが重い表情でその言葉に頷《うなず》いた時、仲間達が到着。最初に挨拶《あいさつ》を口にしたのはレオナだ。

「おはよ、ユキト」

「おはよう、レオナ……体調は？」

「問題ないよ。セシルやダインも大丈夫」

「わかった……俺達の目的はカイと戦い勝利すること……リュシルさんが持つ切り札を利用して、だ」

昨日の時点でユキトは技法について聞かされていた。それに付随して様々なことを知り、ユキトは目を丸くしたのだが──

「ただし、この技法はカイの提案によって生まれたものだ。よって、カイは全てを知っている。聖剣の力に対し互角に持ち込める可能性は高いけど……おそらく、倒すのは難しい」

「戦いの中で、勝機を見いだすしかないでしょう」

リュシルが語る。絶望的な状況──だが、昨日とは異なり少なくともカイと戦える状況には持ち込める。勝率がゼロパーセントから多少なりとも引き上がった──それだけでも、昨日とは違う。

「……犠牲が、出るかもしれない」

　ユキトは告げる。次にセシルへと目を向けた。

「勝利のためには、何かを犠牲にしなければならないかもしれない……けど、この戦いに負ければ、さらなる悲劇が待っている」

「そうね」

　彼女の隣でメイやレオナ、ダインも同じ気持ちなのか、相次いで頷《うなず》いた。

「だからこそ、ここでカイを止める……手を貸してくれ」

　その時、魔物の咆哮《ほうこう》が響いた。見れば、森から続々と魔物や悪魔が出現し始める。ユキトはいよいよだと呼吸を整え、仲間達へ話し出す。

「俺はカイと戦うことに集中する。ここにいない他の仲間には各国の騎士達と共に城へ攻撃を仕掛けるよう指示を出してある」

　それはリュシルと顔を合わせてから決まったことだった。彼女が持ち込んだ切り札がどういったものなのかを確認し、改めて戦略を立てた。

「いかにカイの力が上回っていようとも、巣を破壊され信奉者達が全滅してしまえばカイとしても退却する他なくなるだろう……その中で特に優先すべきなのは、グレンの打倒」

　カイを食い止め、グレンを倒す――同時に二つのことをやるためには、戦力を分散させる必要性がある。本来グレンについてはローデシア王国やマガルタ王国の軍勢に任せても

いいはず。だが、

（話し合ったメンバーで考えは一致した。グレンもまた邪竜から強大な力を得ているはず。ならば、相手の想定を上回る手段がなければ、勝てない）

「セシル」

ユキトは名を呼び、声を掛ける。

「昨日話し合った通りの形で、頼む」

「ええ……ユキト、武運を祈ってる」

「セシルも。気をつけて」

その言葉の後、セシルはユキト達から離れた――今回、セシルとは別行動であった。

「不安かしら？」

ふいに、リュシルからそんな問い掛けがやってくる。ユキトは見返すと、

「ない、と言えば嘘《うそ》になるな。でも、グレンを倒すには可能な限りフィスデイル王国側の戦力を整えなければならない」

「そうね。セシルの実力は霊具の成長もあってフィスデイル王国の騎士の中でトップクラス……人によっては騎士エルトを超えた、なんて言う人もいるくらい」

「え……初耳だけど」

「私が城を出る前に話されていたことだから。さて、作戦を成功させるために……私達も

頑張らないと」

「ああ。俺達が負ければ、この戦争は間違いなく敗北する」

リュシルは首肯し――ここでユキトは視線をメイへ向けた。

「メイ、本陣の方は――」

「うん、問題なし。すぐにでも始められるって」

メイは質問にそう答えた――カイやグレンの裏をかくための作戦。その中の一つに本陣内の仕掛けがある。これはリュシルが用意した作戦であった。

そしてカイと戦う面々は、この場にいる五人だけ。しかも、カイと直接戦うのはユキトとリュシルだけだ。

「レオナ」

ユキトは昨晩の話し合いを思い出しながら、指示をする。

「俺へ迫る魔物や悪魔の露払《つゆはら》いを頼む」

「任せて」

「そしてダインはレオナの援護を……さすがに霊具の特性があっても、カイの懐へ飛び込むのは難しいだろうし」

「そうだな。霊具の力を最大限に引き出し……任務を全うする」

ダインの目はこれまで以上に強い意志を秘めていた。ベルファ王国から共に戦っていることで――仲間として、戦おうと決意をみなぎらせている。

ユキトは彼へ「頼む」と一つ告げた後、メイへ目を向けた。

「メイは俺達へ強化を……わかっていると思うけど、作戦の要だ。タイミングなんかは、メイに任せる。俺やリュシルさんは気にするほどの余裕はないだろうから」

「不安だけど、頑張るよ」

彼女の瞳もまた、熱を帯びていた――ただそれはダインとは異なり、ようやく戦場で共に戦えるのだという、歓喜の感情が存在しているように見えた。

その時、ローデシア王国軍の中核にいるレヴィンが、号令を発した――この戦いで人類の存亡が決まる。そうユキトは確信しながら、仲間達と共に戦場に向かった。

＊　＊　＊

戦場を俯瞰《ふかん》して観察するザインは、人間側が動き出したのを見て目を細め、状況を見極めようとする。

「……人間側は昨日と同じ策か」

前日と異なるのは、リュシルがいること。ザインは既に彼女の切り札については把握していた。驚くべき情報だったが、なるほどそれなら聖剣に対抗できるかもしれない――と納得もした。

「カイを抑え込んでいる間に、他の来訪者共で城を制圧する……果たしてそれが上手《うま》くいくかどうか」

人間側の軍はこれまでと変わらずローデシア王国軍を先鋒《せんぽう》とし、両脇をフィスデイルとマガルタの両王国軍が固めている。とはいえ昨日の戦いで相当痛手を被《こうむ》っているのは間違いなく、そのまま信奉者と戦えばどうなるのかわからない。

だからなのか、三軍を支えるような形でシャディ王国軍とベルファ王国軍が前に出ていた。その立ち位置はローデシア王国軍の真後ろ。三つの軍の中核を支える形で多くが布陣しており、本陣がその分手薄となっている。

「平原に陣を構えている以上、奇襲はない……よって後方より中央の厚みを増すことで、前線を支えるってわけか」

ザインは呟《つぶや》きながら傍《かたわ》らにある資料に目をやる。それは昨日、信奉者レーヌが研究していた情報。ザインはそれらをおおよそ解析し、既にカイへと情報を流していた。

「……とりあえず俺の仕事は終わった。後はカイの野郎がこの戦いに勝利するか、だ」

カイは勝利することを前提として今後の作戦を組み立てている。たとえリュシルが切り札を用いたとしても勝てる——そんな確信を彼は持っている。

（だが……もしそれが覆《くつがえ》ればどうなる？）

逆に城を攻め取られてしまえば、いかにカイでも逃げる他なくなる。仮に退却するとしたらどこなのか。

(俺はそこへ追随するわけにはいかねえ……負けたらカイは俺をどうするのか)

必要な情報は既に渡している。カイとしてはもはやザインのことを不要と見なしていてもおかしくはない。

(この戦争に勝利すれば……まあ、口封じのために俺を殺す可能性は高そうだな)

ザインはカイと会話をしている時のことを思い返す。その日は極めて冷酷であり、まるで自分の目的以外のことは眼中にないようであった。

(カイの野郎にとって俺がやるべき仕事はほぼ終わったはずだ……技術に関しては解明してやったからな。なおかつ技術そのものが俺に対する報酬なら、既に取引は成立している)

ザインはどうするか決める。今ならば――カイが戦場に集中している状況ならば、逃げられる。

(奴が森から出てきた時点で、退散できるが……それだって想定の内だろうし、普通に追いつかれるだろうな。逆にこの戦いで負けたりしたら……後は野となれ山となれ……俺の命は、人間側に託されたわけだ)

そう思うとザインは口の端を歪《ゆが》ませた。笑みではあったが、それは皮肉と自嘲を大いに込めたものだった。

「……さて、届くんだろうな？」

ザインは呟《つぶや》く。既に、対策については実行した。それが通用するのかどうか——戦場を眺めているザインには、見るだけしかできない。

「ま、後は祈るだけか……頼むぜ、人間共」

そう呟いた瞬間、戦場に変化が。いよいよ三日目——決戦の火蓋《ひぶた》が切って落とされた。

＊　＊　＊

戦いは当初、ひどく静かに始まった。

戦端を切ったのはまたもローデシア王国軍であり、前日の負けを引きずることなく魔物を一気に蹴散らした。それはリュシルの切り札があるため大胆に行動できるという理由もあるが、一番の理由はレヴィンが最前線で指揮を執り、奮戦したためだ。

「ローデシアの力を見せつけろ！」

そう号令を発したレヴィンの声は、中軍にいるユキトの耳にもしっかりと入ってきた。

魔物や悪魔の軍勢は、ローデシア王国軍を倒すべく側面へと回ろうとする。だがそこへマガルタ王国軍とフィスデイル王国軍が攻撃を開始した。前日までとの違いは、両軍の中に来訪者が混ざっている点。彼らの霊具が放つ魔力は、戦場でしっかりと感じることができた。仲間の加勢によって、最前線は紛《まぎ》れもなく人間側が優勢だ。

「……昨日と状況が異なっているのに、勢いがあるな」

ユキトはそう評した。大きな違いは——メイによる補助がないこと。彼女の歌は、作戦が始まるまで温存する手はずなのだが、それがなくてもなお、味方の勢いが凄《すご》い。

「……今日で、終わらせるべく騎士達が奮戦しているからね」

横にいるリュシルはユキトへそう解説をした。

「今までは翌日以降の体力も計算に入れる必要があったけど、今日はその必要もないから」

「この勢いを維持できれば、信奉者達を押しのけて城まで踏み込めるか？」

「森の入口までは間違いなく行ける。後は、どうなるか……」

その読み通り、ローデシア王国軍は一気に森の手前まで到達した。初日は巣を破壊する両翼の軍を援護する形をとったが、今回は違う。全軍、森へ踏み込む態勢に入っていた。

「……まだ、カイは現れないか」

ユキトの言葉に誰もが沈黙する。中軍の前の方にいて、カイが現れればその場に急行するという形になっているが——姿は見えない。

「リュシルさん、ここから敵はどうすると思う？」

「ある程度森に引き込んで、両軍がかみ合った状態になった上でカイは仕掛けるのかもしれない。森の中で交戦を始めれば、逃げるのも難しいし」

「つまり、城へ突き進んでいる間が勝負ということか」

ユキトは森を見据える。情勢は不気味なほど人間側が優勢であり、両翼の軍勢も森へ入ろうとしていた。

カイは森の中で乱戦を行う可能性もある——のだが、ユキトは内心それを否定していた。カイが用いる巨大な剣は、それこそ平原などで真価を発揮する。なおかつ森に入ってしまえばカイを避けるように移動することも容易であり、わざわざ誘い込む理由がない。

（考えろ……この状況下でカイにとってベストな戦術は何だ？）

ユキトは思考を巡らせる。それが果たして意味のあるものなのかとも思ってしまうが——勝つために、必死に状況を見据え動きを読もうとする。

だが、その必要性はなかった。

「突撃開始！」

レヴィンが号令を掛けた。城へ一気に踏み込むべく、騎士や魔法使いが森へ入る。

その直後だった。ユキトがいる中軍にも伝わってくる——森の中に生じた圧倒的な気配。それは紛《まぎ》れもなく、聖剣。

「来たか……！　リュシルさん！」

叫ぶと同時にユキトは駆けた。それに一歩遅れる形でリュシルが追随し、レオナを始めとした他の仲間も後を追う。

同時、前線にいたローデシア王国の部隊が森の中で動き始めた。それはまるで左右へ逃《のが》れるように――何かから避《よ》けるような動きであった。

事前に打ち合わせた手はずでは、カイが現れた瞬間、攻撃はせず回避や防御に徹する。それはきちんと守られ、ユキトがカイの姿を捉えた時、彼の周囲に人はいなかった。

騎士達の行動に対しカイは目もくれず、森を抜け平原へやってくる。ユキト達がやや距離を置いて向かい合うと、彼は無邪気に笑った。

「来たね、リュシルさん」

「ええ、あなたを倒すために」

彼女の言葉にカイは表情を変えないまま、ユキト達と対峙《たいじ》する。

「……まさか僕相手に使うとは思いもよらなかっただろうね」

「ええ、そうね。けれど、この力は……あらゆる敵を払いのけるためにあるもの。その相手が邪竜だろうと、聖剣所持者だろうと変わらない」

決然とした物言いにカイは微笑を浮かべる。

「なら、挑んでくるといい……果たして僕に勝てるのか。僕の力はあくまで天神が生み出した武具の恩恵。あなたの場合は……秘策と称して使うその手法は完全じゃない。もし完壁であったなら……僕は負けるかもしれないけれど」

「本当に、何から何までお見通しということね」

リュシルは苦笑しつつ、ユキトへ視線を向けた。

「準備は？」

「いつでも」

「なら──始めましょうか」

ユキトとカイが同時に剣を構える。そこで、最前線の戦いに異変が。森の中から信奉者が現れる。

「俺達を邪魔するような輩《やから》か？」

「僕とユキトの戦いを見て、横やりを入れようと画策しているんだろう」

カイはそんな風に評した──が、両者とも動かなかった。理由は明白で、この戦いに信奉者の介入など、無意味であることを知っていたためだ。

カイが聖剣の力を引き出す。それと共にユキトもまた魔力を高め──刹那、リュシルの体が突如、白い光に包まれた。

「──さて、話をしましょう」

天幕の中で開口一番、リュシルはそう告げる。ユキトを含めここに集った者達は、黙ったまま彼女の次の言葉を待つ構えだった。

　時刻は夜かつ、この場にいるのはユキトにパートナーであるセシル。さらにレオナとダインにメイ――全員が立ったままリュシルと向かい合う形で話を聞いている。

「まず、そうね……策について説明する前にやらなければならないことが二つあるの。まずは、ユキト」

「ああ」

「ディルを呼んでもらえないかしら？　人型で活動している際の姿を見せて欲しい」

「……ディル」

　次の瞬間、ユキトの隣に黒いドレス姿のディルが姿を現した。

「どうしたの？」

「策を用いるのはユキトが対象になる。当然、ユキトと共に戦っているあなたにも影響が出るから、魔力の相性が良いか確認させて」

「ディルと相性が悪かったらどうするの？」

「やり方を変えればどうにか……両手を出してくれる？」

　リュシルに言われ、ディルは手を差し出した。リュシルは彼女の手をつかむと、目をつむり何か検証を始める。

「今から少し魔力を流すわね」

「うん」

――時間にして一分ほどだろうか。その間にディルは何かに気付き目をつむったままのリュシルへ視線を向けたりもした。

けれどリュシルは口を開かないまま検証を続け、やがて目を開ける。

「ええ、問題ないみたいね」

「あんたってまさか……」

「ディル、そこは私の口から説明するから」

何かを言いかけたディルを制するとリュシルは、改めてユキト達へ向き直る。

「さて、もう一つやらなければならないこと……それは、私についての説明。それと共に、私は謝らなければいけない。ユキト達や……セシルを含めたフィスデイル王国の人々に」

「私や……国の人に……？」

「端的に言えば、身分を詐称《さしょう》しているからね」

彼女の言葉にセシルは眉をひそめる。何を言っているのかという疑問を抱いたのか、

「身分を……？　リュシル様、それは――」

「私は、竜族ではない」

彼女の言葉に、セシルだけでなくこの場にいた人間は全員目を丸くした。

「以前、ユキトに私が見てきた戦い……天神と魔神に関することは説明したけれど、その部分についても嘘《うそ》がある」

「……竜族ではない。まさか――」

ユキトが推測を口にするより先に、リュシルは小さく頷《うなず》いて自身の胸に手を当てた。

「カイが察した、ということから予想できるかもしれないけれど……私は竜ではなく、戦争の当事者。すなわち、天を統《す》べると豪語した神々の一柱《ひとはしら》……その生き残り」

――一時《いっとき》、海よりも深い静寂がこの場を支配した。天幕の外から騎士らしき人間の会話が聞こえ、それがやけに耳へと入ってくるほどだ。

「私は以前推測という形で話をしたはず……天神と魔神は相打ちとなったのではないかと。それは事実であり、私達と魔神は双方力を使い果たし、消滅した……けれど、天神には生き残りがわずかにいた。私はその内の一人ということになるかな」

「……生き残って、旅をしていたのか？」

ユキトが疑問に思い問い掛けると、リュシルは再び頷いた。

「そうね。神同士が争うという大戦争……その爪痕は大きかった。だからこそ、神がいなくなった大地の上を旅して、場合によっては人々に手を貸そうと思った。そうして最後に辿《たど》り着いたのが、フィスデイル王国が生まれた場所」

「迷宮の、近く……」

「そうね。迷宮という存在を危険だと考えて……何よりあの土地で暮らす人々を支えたいという思いから、私はフィスデイル王国に根を張った。けれど戦争が終わった直後の私は、ほとんど力を持たない存在だった。人と比べれば魔力は多かったけれど、それで全てを救うことなんてできなかった……そうした中で迷宮を攻略する人が現れ、国が興《おこ》った」

「結果として、リュシルさんは国を支えようと思った」

「ええ、そう。けれど天神だと語った場合、何が起きるかわからない。当時の人々はもう神という存在が消え失《う》せたと認識していた。もしここで私が出てきてしまったら……王となった英雄の立つ瀬がなくなってしまう」

「だから、嘘《うそ》をついたということか？」

ユキトの質問にリュシルは神妙な面持《おもも》ちで頷《うなず》いた。

「そうした中、年月が経過していくことで私は力を少しずつ取り戻していった……けれど、戦争が神話にさえなりそうな時を経ても、完全どころか一部しか戻っていない。今の私には邪竜を倒すことも、聖剣に対抗することも難しいけれど……手はある」

「……具体的に、何を？」

さらなるユキトの問い掛けに、リュシルは一時《いっとき》沈黙する。他の仲間達も話の壮大さに絶句し、彼女の答えを待つことしかできない。

少し間を置いて——リュシルは説明を再開する。

「迷宮という存在がフィスデイル王国にとってなくてはならないものに変化した時、私は一つ考えたの。迷宮は間違いなくこの国と共に歩み、繁栄を支えていく。けれど、国が終わる時はきっと……迷宮をきっかけにするだろうと」

「それは……」

声を発したのはセシル。ユキト達が全員顔を向けると、彼女は少し緊張した面持ちでリュシルへと尋ねた。

「邪竜の出現を予期していた？」

「あらゆる可能性の一つとして、ああいった脅威の出現は想定していたけれど……これほど鮮やかに、大陸中の国を手玉にとって侵攻を行うとは思わなかった。私が手を打つ前に危機が迫り、何もできなかった……その中で、ユキト達は召喚された」

リュシルは語った後にセシルやダイン――この世界の面々を一瞥《いちべつ》した。

「私の力を活用するにしても、準備が必要だったことに加え、手の内が露見すれば……私のことがバレてしまえば、真っ先に狙われてしまう。だからこそ、追い込まれていた状況でも天神だと明かすことはできなかった……もし動いていれば、様々な悲劇を回避できたかもしれない。そこについては――」

「謝る必要はありません、リュシル様」

リュシルの言葉を止め、応じたのはセシルだった。

「リュシル様は、素性を明かせない中で最善を尽くした……そう確信しています。もしフイスデイル王国にいなければ……既に、天下は邪竜のものになっていたはず」

「――俺はあなたの評判について、冒険者ギルドを介してでしか知らないが」

セシルに続き、ダインも発言する。

「ギルドに所属していた冒険者はみな、邪竜との戦いであなたの助力に救われたと語っていたのを知っている。騎士と冒険者……普段は相容《あいい》れない存在だが、その二つを束《たば》ねていたのは紛《まぎ》れもなくあなたの手腕だろう」

「私は、この国がなくならないために必死になっていただけなのに？」

「それが結果として、戦線の維持に繋《つな》がった」

リュシルは彼の言葉を受けてか、少しばかり俯《うつむ》いた。ユキトの目には、感極まったような印象も受ける。

「……いくらでも糾弾《きゅうだん》できそうな話ではあるのに、二人は優しいわね」

「リュシル様――」

「ごめんなさい、卑屈になるのはここまでにしましょう」

セシルの呼び掛けを遮るようにリュシルは告げると、一度手をパンと鳴らした。

「私の身の上話はここまでに……そして、これから明日に備えての話し合いね。ユキト、そしてディル。私は天神であり、その力を用いてカイに対抗する」

「手法に驚くけど……天神同士で争うことになるのか……」

「それは残念だけれど、カイが戦う以上は仕方がない……彼は聖剣を持つが故に私の素性に気付くことができた。歴代の聖剣所持者が気付かなかったことを踏まえると、彼の能力はおそらく歴史上もっとも聖剣に適合している。その力の大きさに対し……手の内が見透かされている点を含め、たとえ私が加わっても勝つのは厳しいでしょう」

「天神自身であっても、か？」

「私が完全な存在なら話は違ってきたでしょうけれど」

リュシルは苦笑しながら語る。

「私の力は全盛期とは程遠い……加え、今のカイは歴代所持者の中でも聖剣をもっとも使いこなせている……邪竜の狙いは断定できないけれど、これほどの使い手をグレンに命令し呼び寄せたのなら、彼らが召喚できる中でもっとも聖剣を使いこなせる人物を選んだということになるでしょう」

「不完全な天神の力と、完璧な聖剣か……」

「そうね。結果として、力の大きさだけを見たらそれほど差はないかもしれない。そして、適任者として選ばれたのはユキトになる」

「俺の祖父がこの世界に来ていた因縁を考えれば、俺が適しているというのはなんとなく理解できるよ。でも、リュシルさんの力……俺に使いこなせるか？」

「私のやり方は、ユキトが思っているやり方と少し違うだろうけど、大丈夫」

「……どういうことだ？」

ユキトが聞き返すと、リュシルはこれまでの表情とは一変して笑みを浮かべた。

「あなたとディル……その二つの力に私の力が上乗せされる形となる。心配しないで、この技術が暴走するということもない。絶対に、策は成功させてみせるから……と、実際に詳細を話す前に、技法の名を告げておくわ」

リュシルはユキトを真っ直ぐ見据え、語る。

「名は『神降《かみお》ろし』という……天神が、魔神を倒すために作った魔法技術の一つ。そしてこれは、人間と共に戦おうとした天神によって生み出されたものでもある――」

信奉者が迫ってくる中で、ユキトとカイは対峙《たいじ》し続け――やがて動いたのは、リュシルだった。

突如その力が露《あら》わとなり、天神の魔力が周囲を満たした。途端、事情を知らない周囲の騎士達は何事かと驚きつつ――それは信奉者も同じようで目を見開いたが、突撃は止まらなかった。

カイが動こうとする。だがそれよりも前にリュシルの体が――霧のように、消えた。

『再度警告するけれど――』

ユキトの頭の中でリュシルの声が聞こえた。

『可能な限りユキトの負担を減らす方向にはする。でも、長期戦になれば体が悲鳴を上げるかもしれない』

「それでも構わない……この戦い――カイとの戦いに勝てるなら」

リュシルの声が止まった。刹那、ユキトは全身に魔力を感じ取った。それはリュシルの力。天神の魔力がその身に叩《たた》き込まれ――見た目にも、変化が現れた。

黒一色だったユキトの体が、突如純白へと変化する。髪色は白というよりは白銀のようになり、体は衣装の細部に至るまで、全てが白くなっていく。

唯一、例外なのは瞳の色。そこだけは黒く染まったままであり、だからなのか――カイは、小さく笑った。

「リュシルさんの力を身に受けても理性を失うわけではなく、かといって力に飲まれるわけでもない……リュシルさんと手を取り合って、戦うつもりか」

「今度こそ、カイを止めてみせる」

ユキトの言葉に対し、カイは笑みを絶やすことなく、

「なら、始めようか……決戦を！」

彼の発言と同時、ユキトの後方からメロディが流れてきた。それはメイの歌声であり、それによってユキトの体が高揚し、魔力が高まる。

加えて、ディルもまた魔力を発した。リュシルの力を受けて白く染まってしまった剣だが、その力は健在だった。むしろ天神由来の霊具であるため――相性は良く、相乗効果により魔力は膨らむ。

ユキトはこれ以上ない――というほどの力を携え、カイへ踏み込んだ。カイもまた聖剣に魔力を収束させ、間合いを詰める。

両者が剣を振りかぶったのはまったくの同時だった。斬撃は双方の中間地点で激突し、轟音《ごうおん》が生じると共に魔力が、拡散した。

天神同士の力が激突したためか、飛び散る魔力は圧するものではあったが、不快感はなく――ただユキトが感じたのは、別のことだった。

（これでようやく、互角か……！）

「そちらは今、これでやっと互角かと嘆いているところかい？」

心理を読むようにカイはユキトへ話し掛ける。

「こちらも全力で応じている……聖剣は元々、天神が使うために生み出された剣だ。それを人間が扱うのは至難であり、使える者はごくわずかだった」

ギリギリと刃がかみ合い、ユキトとカイは鍔迫《つばぜ》り合いの様相を呈する。

「僕はその中でも選ばれた……選ばれてしまった人間だ。グレン大臣によって呼ばれ、今こうして聖剣の力を存分に行使している……だからこそ、言える。互角である以上、僕が負ける可能性もあるわけだ」

カイの目が鋭くなる。それにユキトは膨大な力を抱えながらも薄ら寒いものを感じ取った。

「だからこそ……ユキト、君を全力で叩《たた》き潰《つぶ》す」

魔力が弾けた。ユキトとカイはまったく同時に後退すると、剣を構え直し再び踏み込んだ。

先ほどとは一変、今度は恐ろしい速度を伴う剣戟《けんげき》の応酬が始まった。カイが放った斬撃をユキトは叩き落としてすぐさま反撃に出る。刺突《しとつ》がカイの胸元へと吸い込まれるように放たれるが――カイはその軌道を的確に読んで弾き返した。すると、カイは刺突を防いだ勢いをもって反撃へ転じる――

剣戟は、もはや霊具を握る者でさえも認識できる限界を超えていた。恐ろしい速度で剣が放たれ、その全てが防がれていく。ユキトは『神降ろし』とメイの強化によって得られた能力によりカイの攻撃を察知し反撃できているが、半《なか》ば体が勝手に動くような状況。というより、思考して剣を放つ暇など一片たりともなかった。

（感覚をさらに研ぎ澄ませ、内に宿る剣術だけを頼りに、剣を防げ――!!）

その目論見《もくろみ》は成功し、カイの凄《すさ》まじい攻勢にも対応し、あまつさえ反撃できている。これこそ『神降ろし』の力――リュシルによってもたらされた、天神と一つになり力を得る手法。

『――心配いらないわ、ユキト』

そして頭の中で、リュシルの声が聞こえる。

『今の攻防では決着がつかない……けれど、カイと真正面から打ち合えている。魔力も余裕がある。必ず、勝てる』

ユキトはその言葉を聞いて、昨夜の作戦会議を思い出す。この『神降ろし』に加え、リュシルは別の策を用意していた。そもそも『神降ろし』を使うこと自体はカイの想定通り。だからこそ、彼の予測を上回る何かがなければいけない。

神速の領域に達した攻防を繰り広げる中、ユキトは頭をフル回転させて次の行動を読もうとする。自分の能力、リュシルの策。そしてカイは――わずかな時間で数え切れないほど剣を激突させる中、ユキトはカイと目が合った。そこには余裕の笑み一つなく、真正面にいるユキトを最大の脅威と認め、それこそ魔神と相対しているような雰囲気さえある、憤怒《ふんぬ》にも似た形相があった。

「カイっ――――！」

「ユキトっ――――！」

名を呼び、両者は魔力を高め斬撃を放つ。一際大きい金属音が鳴り響き、戦場に天神の魔力が風に乗って広がった。

第二十章　限界を超えた先にあるもの

――ユキト達が戦闘を開始したと共に、フィスデイル王国軍は森へと入り込み、敵の居城へと進軍していた。その中には複数の来訪者がおり、騎士エルトの指揮の下で魔物を倒し、森の中を歩む。

エルトと共に最前線にいるのが、セシル。ユキトと分かれて戦う現状では、とある役目を帯びそれを遂行していた。

「オウキ！　真正面の魔物を！」

セシルの指示を受け、オウキが正面にいた魔物へ疾駆《しっく》して両手の剣で連撃を叩《たた》き込んだ。それによって魔物は消滅。前方で孤立していた一人の騎士が、後方へと戻ってくる。

「ありがとう、助かったわ」

「こちらこそ、セシルの指示があるから無理なく動けているよ」

オウキの言葉に頷《うなず》き返すセシル――その役目は、共に戦う来訪者への指示であった。

現在カイと戦っているユキト達を除く来訪者の面々は、フィスデイル、ローデシア、マガルタの三国に分かれて戦っている。凶悪な悪魔がいても、来訪者であれば対処できる

――そういう判断の下、戦力を分散させ城へ向かっていた。

セシルは改めて自分の周囲にいる来訪者を確かめる。最前線に立つのはオウキと槍《やり》を握るシュウゴ。後方に援護役として弓を持つアユミがいる。さらに、

「――お待たせ」

セシルに近寄ってくるもう一人の来訪者、ヒメカだ。

「横手に現れた魔物は倒せたよ」

「ありがとう、ヒメカ。それとごめんなさい、一番疲れる役回りだけど」

「問題ないって。この力が役に立つなら、遠慮なく使って」

ヒメカはその機動力を活《い》かして、森の中で魔物と交戦する騎士達の援護に回っていた。

彼女の動きもあってか、他の二国と比べ戦力的に劣っているフィスデイル王国軍も、きちんと動けているし前進できている。

「この調子なら、想定よりも短時間で……見えてきたわね」

セシルの真正面に森の切れ目――太陽の光が差し込む場所が見えてきた。

「このまま先へ！」

騎士エルトもすかさず指示を出して、セシル達も呼応するように森の中を進んでいく。

けれど森には魔物や悪魔がそこかしこに存在しており――ここで気を吐いたのが、来訪者の面々だった。

「ふっ！」

先んじて攻撃するのがアユミ。初日に見せた高精度の射撃が、魔物を撃ち抜いていく。

さらに前線でオウキやシュウゴが奮戦することで、着実に城へと近づいていく。

ふいに、セシルの耳に遠くで生まれた声が聞こえた。それは森の中を進む他軍のものか、あるいは平原で戦っているユキト達の声なのか。気にする間に、森を抜けそうになったが、その手前に結界を発見する。

「あれが魔法攻撃を防ぐ結界ね」

「構わず進め！」

セシルが呟《つぶや》くと同時に、エルトが指示を出す。それに応じ騎士達は突き進み——肉体を持つ騎士達は、何の障害もなく結界を越えた。

セシルや来訪者もそれに続き、森を抜けた。その先にあったのは廃城。とはいえボロボロで今にも外壁が崩れそうという雰囲気ではない。人の手が入っていなかったせいか外観は荒れているが、まだ城の形は保っている。

そして入口には、明らかにこれまでとは異なる気配が漂う——それは『魔神の巣』が発する力で間違いなかった。

城には既に別の軍が先行する形で入り込んでいた。装備からするとマガルタ王国軍のようであり、エルトはすかさず城へ入るよう部下達に指示を出した。

フィスデイル王国の軍も森を抜けた者から順次城へと突き進んでいく。程なくしてセシル達も城内へと入り、多数の魔物と騎士が一進一退の攻防を繰り広げているのを目《ま》の当たりにした。

「加勢を！」

セシルがオウキ達へ呼び掛けた瞬間、いち早く動いたのはヒメカ。持ち前の霊具による高速移動によって、声を発したセシルに合わせる形で魔物へ接近し、その体へ蹴りを叩《たた》き込んだ。

交戦していた騎士が瞠目《どうもく》し、立ち尽くすような光景。魔物は吹き飛んで他の個体を巻き込み、地面に倒れ伏《ふ》した。マガルタ王国軍は来訪者が来たことで沸き立ち、一斉に声を上げて攻勢に出る。

「……マガルタ王国軍に追随する来訪者は――」

セシルは周囲を見回すが姿がない。近くにいる騎士に確認すると、マガルタ王国軍と共に戦った来訪者は森で奮戦しているらしい。

「私達が先行したのです。悪魔や信奉者など複数凶悪な存在がいたことで、ここで足止めされるのはまずいと判断した結果です」

「なるほど……ローデシア王国軍もまだ来ていないので、私達で戦うしかなさそうね」

セシルはオウキ達へ視線を注ぐ。全員セシルの意図をくみ取ったようで頷《うなず》き、その中で

オウキはマガルタ王国の騎士へ向かって、

「ボクらも巣の破壊の手伝いを」

「いえ、それはこちらでどうにか。皆様は逆賊グレンを倒してください。気配から、城の上階にいるようです」

言葉と共に、マガルタ王国軍が地下へと向かい始める。どうやら城の下に『魔神の巣』があるようで、彼らはそれを破壊すべく動いているらしい。

「巣の破壊を行うために、マガルタ王国軍は準備をしています。それについては問題なく対応できますが、グレンについては――」

「来訪者の力が必要だと考えたわけだ」

声は後方からだった。セシルが振り向くとそこには、マガルタ王国代表のラオドがいた。

「ジルーア様――」

「ラオドでいい、騎士セシル。グレンについてはここへ踏み込まれるのも想定の内だろう。よって、策の一つや二つ仕込んでいるはずで、それを覆《くつがえ》せるのは来訪者だけだ」

「……竜族では足らないと？」

セシルの疑問に対しラオドは即座に頷《うなず》いた。

「いかに力が強いと言えど、この世界に暮らす種族の一つ。竜族に対する方策は奴も用意しているだろう。だが、来訪者の力があれば、それを突破できる」

「そう、ですね……私達だけでやれるかわかりませんが……」

「可能な限りマガルタ王国がバックアップする。暴れようじゃないか」

「こちらも、忘れてもらっては困ります」

と、騎士エルトが顔を出す。それにラオドはニカッと笑い、

「そっちも怪我《けが》なくここまで辿《たど》り着いたか」

「体調が万全とは言いがたいですが……カイ様のことを除けば、情勢的には五分といったところ。今は多少無理をしてでも、敵の首魁《しゅかい》を倒すべきです」

「ああ、私も同じ意見だ……さて、それじゃあ進むぞ！」

マガルタ王国軍の多くが巣の破壊へ向かう中、ラオドの周辺にいる者達は先行する形で城の上階へと向かい始めた。セシル達もそれに続き走り出す。

道中、幾度となく魔物と遭遇するが、その全てをラオド含め竜族達が仕留める――戦い方は豪快の一言であり、突撃する骸骨《がいこつ》騎士の剣を真正面から受け、すぐさま刃《やいば》を弾いて手に持っている霊具で一蹴する。

（これが竜族……！）

セシルは内心舌を巻いた。竜族の力は無論知っていたが、それを初めて目の当《ま》たりにする。邪竜の一派に力で純粋に対抗できるのは、間違いなく彼ら竜族だけのはずだ。

瞬《また》く間に敵を殲滅《せんめつ》し、グレンがいるであろう場所へ向かう。階段を一つ上った段階で、

セシルも気付いた。城内で明らかに一ヶ所、異様な魔力が存在している。

（そこにグレンが……あるいは、この城を守る信奉者か――）

ただ同時に、もう一つの事実に気付く。

「ラオド様、これは……」

「明らかに強大な魔力が一つ。だが、信奉者は他にいないな。全て外へ出ているようだ」

会話の間に、とうとう当該の場所へ辿《たど》り着いた。そこは大広間であり、その中央に目当ての人物が立っていた。

「グレン……！」

「おや、来たのはマガルタ王国軍と、フィスデイル王国軍……とはいえ、相手にとって不足はないでしょうな」

グレンは淡々と語る。そこでラオドとエルトは部下に指示を出す。一気に散開すると、左右からグレンを囲むように布陣していく。

セシルはそうした中でグレンが立っている場所に魔力がわだかまっていることに気付く。目を凝らせば魔法陣のような紋様《もんよう》さえ見える。攻撃した場合に備えての罠《わな》か、あるいはグレンを強化するための術式か。

「ああ、これですか」

視線を読み取ったのか、グレンは自身の靴でコンコン、と地面を叩《たた》いた。

「これは強化魔法による術式ですよ。魔力はまだ滞留していますが、魔法は発動を終えたので残りかすしかありません」

「……とうとう、人間を捨てたわけだ」

口を開いたのはラオド。彼は剣の切っ先をグレンへ向けながら、話す。

「とはいえ、だ。寸前まで人間だったはずだろ？　戦えるのか？」

「そこは私にとって最大の懸念でした。あなた方とは異なり、私は剣など持ったことはありませんからね」

グレンは刃《やいば》を向けられても超然としており、囲まれていながらも飄々《ひょうひょう》としている。

「ですが……だからこそ、適している力を我らが主は与えてくれました――」

ラオドが仕掛ける。一歩で間合いを詰めてグレンの体へ斬撃を見舞う。

「ええ、その攻撃を見切ることもできない」

語ってもなお、グレンは動かなかった。

無防備な相手へラオドの剣戟《けんげき》が入る。右肩から斜めに振り抜かれた刃は、ほんのわずかな時間でグレンの体を駆け抜けた。

彼の斬撃は間違いなく、普通の人間ならば致命傷になるもの。けれど、当のグレンは表情一つ変えなかった。それればかりか、

「見事、と感服する他ありませんね」

ラオドの動きを見て、称賛の言葉さえ告げた。

「中途半端な技量では、この力を試すことすらできないでしょう……竜族の騎士達、フィスデイル王国の精鋭部隊、そして来訪者……ええ、最初の相手としては申し分がない」

ラオドが追撃を繰り出す。右の脇腹から一閃《いっせん》入ったにも関わらずグレンは表情一つ変えることはない。

その時、セシルはどういうことなのかわかった。グレンがまとっている魔力。それが人を捨てたものであることは間違いなかったが、その力の大きさはこれまで相対してきた信奉者とはかけ離れて強いもの。それはまるで――

「一度退いて――」

セシルが声を発した途端、ラオドは即座に後退した。すると、グレンの体に魔力が生じて弾けた。城内にある砂埃《すなぼこり》を巻き上げ、一瞬でグレンの姿を隠す――周囲の騎士がざわめき、警戒する中でグレンの立っていた場所だけが異様に魔力が高まっていく。

そして、魔力が限界まで膨らんだかと思うと――姿を現した。その容貌は、人外のものに成り果てていた。

『では、始めましょうか』

くぐもったグレンの声が聞こえる。頭の先から足までその全てが漆黒《しっこく》に包まれていた。先ほどまで着ていたローブは消え失《う》せ、漆黒の鎧《よろい》のようなものを身にまとっている。ただセシルは見逃さなかった。鎧と思《おぼ》しきそれがわずかながら脈動していることを。

（自らの魔力で作り上げた生体兵器……といったところかしら）

内心で推測すると共に、その顔立ちも確認する。仮面のようなものをつけて鼻から下を覆っているのだが、目元だけでも年齢を重ねた——老齢の姿とは一変していた。

『この顔ですか？』

そんなセシルの視線を悟ったのか、グレンは口を開く。

『人を捨てた以上、もはや年齢すら関係はなくなる……見た目については自由にできたので、体の作りを若い頃のものに変えました。さすがに年を重ねるごとに体の節々も痛くなっていましたからね。その痛みがなくなるどころか、飛び跳ねることができるというのは、それだけで興奮します』

「まるで子供みたいだな」

挑発的な言葉がラオドからもたらされる。

「今の貴様は、玩具《おもちゃ》を与えられて喜んでいるガキに見えるぞ」

『否定はしませんよ。私はこうした力を得るために魔神の力を持つ存在と手を組んだ。そして森羅万象を支配する……とはいえ、私自身が王になる気はない。絶対的な主君……我らが主の下で、繁栄を作り出していく』

ザアア——と、粉塵《ふんじん》が舞い続け砂を噛《か》むような音がセシルの耳に入ってくる。まだグレンは魔力を発してこの場にいる者達を威嚇《いかく》しているだけ。だがそれだけでも——視界が歪《ゆが》んでいると思えるほど、空気が重い。

『ああ、それともう一つ……もうザン＝グレンという名も捨てましょう。魔神として降臨したからには、その力の名を継ぐのが責務』

グレンはそう語ると、右腕をかざした。何も持たない漆黒《しっこく》の腕。だが次の瞬間、腕全体が肥大し、指の先端には鋭利な爪が生まれた。

『見た目ではわかりづらいですが、この魔神は元々、獅子《しし》を象《かたど》ったものとされています。名前は確かシャルノー……その巨体と剛力によって、瞬《またた》く間に戦場を蹂躪《じゅうりん》した戦闘特化の魔神です』

「貴様には似合わない魔神だな」

皮肉を交えながらラオドが応じると、グレンは予想通りだったか笑い声を上げながら返答した。

『ええ、私には合わない……と思われるでしょうが、実際は違います。知っての通り、私に戦闘能力は皆無。たとえ魔神の力を取り込んだとしても、他の信奉者に実力で劣ることは明白です。元の実力が十あればそれに十を掛ければ百になりますが、一に十を掛けても十にしかなりませんからね』

「だが、その魔神の力を得れば違うと？」

会話の間にも、ラオドが視線を動かすのがセシルにもわかる。それでグレンを取り囲むマガルタ王国の騎士は徐々に包囲を狭めていく。

『ええ、魔神でありながら時に同胞《どうほう》にさえ疎《うと》まれたとされる暴力性……その力があれば、戦いの経験などない私でも、皆様に対抗できると我が主は考えたわけです』

グレンの目つきが鋭くなる。だが、セシルは理解した。仮面の下――そこにある口元には、紛《まぎ》れもなく薄笑いを浮かべたままだ。

『では、始めましょうか……ああ、そちらはどのようにして頂いても構いませんよ。この場にいる者達全員で襲い掛かってきても良いですすし、あるいは脅威だと判断して退却しても良い』

グレンから発する圧がさらに増す。そこでセシルは思った――獲物を見定めるような飢えた目つき。顔立ちも変化し、もはや目の前にいるのはグレンではない。

『ただ、一つだけ頼みがあります。この力……試すより前に、死なないでもらいたい』

先んじてグレンの横から騎士が躍り掛かった。剣にありったけの魔力を注ぎ込み、首を狙った斬撃は――魔神が腕を振ることで、腕ごと消し飛ばした。

「……あ？」

騎士が声を発した直後、グレンは哄笑《こうしょう》を上げながら腕を吹っ飛ばされた騎士の頭部へ向け腕を振った。刹那、騎士は頭部をもぎ取られ、悲鳴さえなく、死亡する。

「――攻撃！」

だがラオドは怯《ひる》むことなく騎士達へ指示を送る。セシル達も全員魔力を収束させ足を踏み出したところで、グレン――魔神シャルノーは、迎え撃つ体勢に移行した。

＊　＊　＊

ユキトとカイの攻防は、常人の入る余地が一切なかった。そればかりか、霊具を持つ騎士や、ユキトの仲間達でさえも――霊具使いや信奉者の戦いとは一線を画する、文字通り次元の違う領域にあった。

「はあああああっ！」

「おおおおおっ！」

カイが声を上げると同時に、ユキトは腹の底から咆哮《ほうこう》のような声を発し、放たれた斬撃に対抗する。一時《いっとき》の余裕さえない、リュシルから授かった力を頼りに、感覚だけでカイの攻撃に対応する。

周囲の状況を、ユキトは天神の力を用いてどうにか把握する。露払《つゆはら》いをしているレオナとダインは信奉者を相手取っていた。レオナの紫色の炎に手を焼いている様子であり、こちらへ来ることはないとユキトは断じる。

今のところ敵が来ることを心配する必要はないが、仲間が援護に駆けつけることも無理だろう――自分達が繰り広げている攻防は、今までの戦闘とはかけ離れ誰も介入できないのだから。

一撃一撃が致命的であり、もし一時でも隙《すき》を見せればカイは聖剣を差し込んでくる。ただそれは相手も同じであり、

「おおおおっ――！」

叫び、カイの猛攻をしのぎユキトは反撃に転じる。カイはその全てを払いのけるが、彼の表情に余裕は皆無だった。まるで長年追い続けてきた宿敵を見定めているように、この戦いに勝つために、聖剣の力を磨き上げてきたとさえ言いそうな雰囲気だった。

剣から弾ける魔力が、周囲を圧倒するほどに拡散する。味方の騎士達は呆然《ぼうぜん》と見守る他なく、理性もなく敵を襲うはずの魔物でさえ、恐怖で手出ししない様子だった。戦場においてユキトとカイの立っている空間だけがやけに空白を生んでおり、さながら戦場に突如出現した舞台のようであった。

「さすが、だね……！」

そうした中、カイはとうとう口を開く。その最中にも放たれる斬撃を、ユキトは渾身《こんしん》の力で叩《たた》き落とす。

「記憶を取り戻し、リュシルさんの技法がユキトへ注がれると考えた時、目的を果たす最

後の障害になると直感した」

「カイ……！」

「疑問があるのかい？　確か竜族のラオドから、新たな技法を得たはずだ。感情を読み、極めれば心さえも読める……それで、僕が何を考えているのかわかるだろう？」

――戦闘の最中《さなか》、ユキトはこれまで以上にカイの心情を理解することができた。それは『神降ろし』という技法を使ったことでより正確となった。幼少の頃より抱いていた、全てを統《す》べるという願望。カイ自身、それが歪《ゆが》んだ感情であると理解できていた。だが、彼はその思いを手放そうとはしなかった。

完璧であるが故に、それさえもいつか手に入ると考えていた――いや、違うとユキトは断じる。自分の内にある狂気とも呼べる願望を、完璧な人間を演じていた中で捨てず、むしろ育《はぐく》んでいたが、決して叶《かな》うものだと考えてはいなかった。

そうした中で、カイは召喚された。そして邪竜との会話を経て、自分が求めていたものがこの世界にあると理解した――

ユキトは聖剣を大きく弾く。ディルが軋《きし》むような音を上げたが、カイは斬撃を受けて一度仕切り直すのか後退した。

魔力の残滓《ざんし》が戦場を渦巻く。その中でユキトはカイを見据え、

「……最初から、こうすることが目的だったんだな」

「記憶が戻ってから以降は、ね」

「誰にも見せていなかった、カイの願い……というわけだ」

「説得しようと思っていたのかい？」

「いや、それが無意味であるのは最初からわかっていたさ。他ならぬカイが自分の意志で寝返った……いや、違うな。最初からこうするつもりだったのを考えれば、今までがおかしかったと言うべきか？」

「邪竜に対抗していた時の僕もまた、本物だったさ。一番根底にある記憶は封印されていたけれど、あの時は僕も必死だった。この世界を救おうと、聖剣を振るっていた」

言葉の瞬間、カイの瞳が遠くを見つめたようになる。

「……信頼を失いたくないという気持ちもまた、本物だ。あの時、ユキトが声を掛けてくれていなければ、立ち直ってはいなかった」

「今の状況は、信頼を失っているとは思わないのか？」

「仲間達の信頼を裏切っているのは事実だけど、今の僕には何の意味もないよ。僕は、この世界で成すべき事を思い出したからね」

ユキトは一時《いっとき》沈黙する。聖剣の力は剣に凝縮されており、周囲にいる魔物や騎士とは一線を画する存在感を放っている。

「……もう、戻れないんだな」

「ああ、もう僕はフィスデイル王国へは帰らない」

「仲間の中には、カイが操られていると思っている人もいる」

「急にこんな形で裏切れば当然そうなるさ。この混乱も想定の内だ」

「そうか……そうだよな。俺達が混乱しているうちに仕留めることができれば、被害は少なくなるからな」

「ああ、そうだね」

肯定するカイにユキトは目を細めた——その時、森の奥にある信奉者達の居城から、大きな音がした。

「……巣を破壊している音みたいだな」

「城に踏み込まれることも想定している。いくら防備を固めても、巣による魔物の生成速度を上げていても、押し寄せる軍勢を留《とど》めるほどの戦力にならないことはわかっている。リュシルさんが秘策を持ってここへ来た時点で、城へ踏み込まれるのは確定していた」

カイが語った直後、今度は城から新たな魔力を感じ取る。それは『神降ろし』を発動している状態であるためユキトも認識し、なおかつリュシルが声を上げた。

『魔神の……魔力……』

「何？」

『距離があるけどわかる。どうやら邪竜は、古《いにしえ》の魔神の力を誰かに付与したみたい』

「天神であるリュシルさんならばわかるかな？」

と、会話を聞いていないながら、カイが割って入る。

「邪竜はグレンにシャルノーと名付けられた魔神の力を与えた……信奉者には研究畑の人間がいてね。その存在によって、魔神の力を再現することに成功した」

『シャルノー……獅子《しし》の姿をしていた魔神ね。あの魔神は確か、味方である魔神からも厄介者扱いされるくらい、暴れに暴れた魔神……』

リュシルの言葉を聞いてユキトは嫌な予感がした。するとカイは、

「グレンは、魔神の力を試すために来訪者や騎士達を引き込もうと考えていた。おそらく魔神が顕現したあの場には、精鋭がいるはずだ。もしかすると、セシルやオウキがいるかもしれない」

「……だろうな」

ユキトは呼吸を整える。本音を言えば助けに向かいたい。今の力があれば、間違いなく魔神の力に対抗できる。

けれど、目の前にいるカイがそれを阻《はば》む。戦場において圧倒的とも呼べるその存在感を一身に受けて、ユキトは自分のやるべき事を理解する。

（みんな、どうか無事で……）

「さて、再開しようか」

カイはそう言って剣を一度素振りした後、ユキトを見据え構えた。

「とはいえ、決着はそう遠くないうちにつく……そちらはまだ大丈夫かい？　天神の力との融合……いくらユキトとはいえ、限界が存在するはずだ」

カイの指摘は事実だった。最初にリュシルからも言われたが長い間持続できる能力ではない。訓練で時間を長くすることは可能なはずだが、今回はぶっつけ本番。なおかつカイ相手には魔力を節約することなどできず、出し惜しみなく攻撃しなければならない。

故に、ユキトが戦える時間――その限界が刻一刻と迫っているのは間違いなかった。

（……けど、勝たなければならない）

この場で負ければ、今度こそ止める手段はない。様々な策を用意してはいるが、それには時間を要するため、少なくとも発動まで耐える必要がある。

（いや、策が成功して俺が立っていなければ……勝利にならない。今持ち得る全ての策を投じて、カイを追い込む。それでようやく、俺達は勝ちを得ることができる）

剣を構え直す。するとカイはまた聖剣に魔力を収束させ、それに呼応するようにユキトも魔力を剣へと集中させる。

メイによる強化はまだ効いている。それどころか、いつの間にかさらなる強化が施されているのがわかる。いまだ彼女は後方でユキトの勝利を願って歌い続けている。魔力の奔《ほん》流《りゅう》や鬨《とき》の声の中においても一際存在感を放つメイの歌声は、その効果をユキトだけに捧《ささ》げており、さらなる高揚感が身に叩《たた》き込まれる。

「ディル、リュシルさん」

カイが今まさに踏み込もうとした時、ユキトは体の内に存在する両者に声を掛けた。

「まだ、いけるな?」

『ディルは大丈夫』

『私も平気だけれど……ユキトは――』

「俺は平気だ。目の前にいるカイを……倒すために、力を貸してくれ」

言葉の直後、ディルの魔力が刀身から湧き上がり、リュシルの力がユキトの全身を包んだ。それをカイは間合いを詰めようと動き出した段階で理解し――殺気を含んだ眼光を向けて、ユキトへと肉薄した。

＊＊＊

ギュアッ――奇っ怪な音を立てながらマガルタ王国の騎士がまた一人、上半身を吹き飛ばされて死亡する。取り囲んでいた状況は完全に覆《くつがえ》され、魔神シャルノーはとうとう包囲を脱しセシル達と向かい合った。
『雑兵に興味はありません。私が望むのは強者との戦いです』

熱波を噴き出すように魔神の魔力が廃城の中を荒れ狂う。セシルは肌が焼けるような魔力を感じながら魔神を見据え、静かに魔力を高める。

『竜族であっても、単なる騎士ではどうにもならないことは理解できました。まったく素晴らしい力ですが……想定していた戦いとは大きく異なる。私は虐殺がしたいわけではないのです』

「あくまで能力を検証しようって魂胆《こんたん》か」

口を開いたのはラオド。彼は剣に魔力を叩《たた》き込んだ後、魔神シャルノーへ言葉を向ける。

「力を使って、暴れ回るつもりか？」

『いえいえ、この力はあくまで我が主のために使われるもの……世界を統《す》べる存在に忠誠を誓い、その支えになるためのもの』

「貴様は、自らが望む形で権力の中枢に居座る……というわけか」

『ええ、この魔神の力を得て、未来永劫《えいごう》世界支配を支える』

――シャルノーの言葉を聞いたためか、ラオドは目を細めた。

「なるほど、それが望みか」

『おや、喋《しゃべ》りすぎましたか。もっとも、今更隠し立てする必要もありませんね……そうです、私が望んだのは不老不死。どれだけ望もうとも、人の身では絶対に成し得ることができない願い。それこそ、私が求めて止《や》まなかったものです』

そう語った魔神の目。それは怒気を発するような——何かを恨むようなものだった。

『カイ様からリュシルのことを聞きましたが……魔神の力を得て改めて理解しました。リュシルは天神の生き残り……ええ、ならばなおさら私は奴を許すことはできない』

「永遠とも呼べる命を持つリュシル様に、嫉妬でもしていたか？」

『ええ、まさしく』

言い当てられた瞬間、その目がさらに鋭いものへと変貌し、殺気がセシル達へ降り注ぐ。まるで、秘密を暴き立てられて激怒しているかのようだ。

『どれだけ権力を得ようとも、どれだけ中枢に居座ろうとも、フィスデイル王国において……いえ、この世界において最後に勝利するのは奴です。リュシル……長きにわたりフィスデイル王国に居続け、権力という蜜を吸い続けた』

「彼女が成した功績を考えれば、権力の座に就いて好き放題しているわけじゃないのは明白だが」

『リュシルがどれだけ清廉潔白であろうとも関係ない。私が死ねば……奴は必ず、国を支えるために私が得たものを取り込むでしょう。あるいは、権力関係を整理し、他の者達に分配でもしますか？　彼女はそれを国のために実行するでしょう。王もそれを許し、他の者達はそれに従うでしょう……だが、私が得た権力は私のものだ。奴には絶対に渡さない。ならばいっそ、その全てを破壊し尽くし、新たな秩序を担う』

「……どうやら、思った以上に歪《ゆが》んでいたらしいな」

嘆息し、ラオドは告げた。

「それとも永遠の命を持つリュシル様を目《ま》の当たりにして、考えが変わっていったのか？」

『おそらくそれが真実でしょう。若かりし頃……私は国を支えるべく、勉学に努め王城へ入りました。そこにいたのはリュシルであり、私も指導を受けた。年を重ね権力を得て、その時になってようやく気付いた……どれだけ築き上げても、最後には奴に奪われる。全てが無に帰す。だからこそ、私は奴と同じ場所に立つ必要があった』

魔力がさらに膨らむ。リュシルのことに言及したためか、その力が熱を持っているかのようだ。

『この戦いに勝利した暁には、フィスデイル王国へ赴《おもむ》き奴の全てを破壊し尽くすつもりでしたが、ここに来たのであれば話は早い。我が主に頼み、リュシルだけは私が始末する算段をつけました。奴にはあらゆる悲劇を見てもらう。自分が築き上げた王国が崩壊する様をしっかりと目に焼きつけ、絶望の中で死んでもらう』

「それをやるためだけに、魔神になったのだと言いたげだな」

『畢竟《ひっきょう》、私の願いはそうなのかもしれません……ええ、そこは認めましょう』

魔神が一歩歩む。けれどセシル達は動かない。

『さて、話はここまでにしておきましょうか……会話中に何かをしてくるかと期待していたのですが、どうやらそれもなさそうですね』

「本当に、そう思っているか？」

不敵に笑みを浮かべるラオド。そこで魔神シャルノーは言葉を止める。

「油断……というわけではないだろうな。手に入れた魔神の力を完璧に制御しきっているわけではない、ということか」

『何が言いたいのですか？』

「莫大《ばくだい》な力を得ても戦闘経験がないことが、戦況を感じ取れない一番の要因か……会話をしたのは時間稼ぎだが、その意図を読めないことが、貴様の敗因だ」

彼の言葉の直後だった。魔神の足下から光が生まれると、それが多数の光を生んで魔神を拘束する。

『何……!?』

これには当の魔神も驚愕《きょうがく》した。即座にラオドが踏み込み、セシルや来訪者達も攻めに転じる。

魔神を縛ったのは光の鎖――突如出現した魔法陣から出て動きを縫い止めた。一体誰がこんなことをしたのか、セシルは明確に悟っていた。

（巣を破壊して……！）

魔法を発動させたのは『魔神の巣』へ向かっていたマガルタ王国の騎士や魔術師達。彼らは見事巣を破壊し、上の援護をするべく魔法を発動させたのだ。

魔神シャルノーが拘束を振りほどこうとした瞬間、ラオドの刃《やいば》が先んじて入った。その狙いは首元であり、彼の刺突《しとつ》が見事貫いた。

無論、それだけではない。セシルの剣が胸を、オウキの双剣が肩を、シュウゴの槍《やり》が頭を――さらに生き残っていた騎士達の剣や槍が、渾身《こんしん》の魔力を込めて突き立てられる。セシルが突きでシャルノーの胸部を貫くと、まるで人間を刺すような感覚で、戸惑うくらいだった。

いとも容易《たやす》く多数の刃が魔神の体へ入り、勝負は――

『なるほど、巣を破壊した者の援護というわけですか』

それでもなお、魔神は平然と呟《つぶや》いた。

『確かに気配を探れば、巣が消えていますね……言われた通り、この部屋にいる人員にしか注意を払っていませんでした』

「おい……どういうことだ？」

声を発したのはシュウゴ。理由は明白で、心臓も頭も貫いた――そのはずなのに、魔神は淡々と語っている。

『質問については、明瞭な返答がありますよ』

応じたのは魔神。刹那、爆発的な魔力が生じ、それが突風を生じさせセシル達は吹き飛ばされた。

剣を取り落とさなかったのは幸運だった。全員がどうにか体勢を立て直す中、魔神シャルノーは自身の体を見回した後、口を開く。

『私が望んでいたのは不老不死……と、先ほど話したはずです。それを基にした能力を、魔神の力を付与されると同時に賜《たまわ》ったというだけの話です』

「まさか、貴様……」

ラオドが声をこぼす。それと同時、魔神シャルノーの体が再生を始め——あっさりと、元の姿を取り戻す。

『奇襲はお見事です……いえ、私の注意不足ですから、戦闘に不慣れな私の裏をかいたという表現でしょうか。ともあれ、あなた達は決められなかった。それもそのはずです。今の私は、頭を貫かれようが、心臓を串刺しにされようが、死なないようになっていますからね』

シャルノーは両腕を動かして感触を確かめるような動作をする。攻撃が来るのを待っている——だがセシル達は動けなかった。

『しかし、今の攻撃を続けられるのは面倒ですね。痛覚も思いのままに消せるので刺されても問題はありませんが……やられ続けるのは些《いささ》か不快です。ここは作戦通り、城の外にいるカイ様と合流しましょうか』

「――そうはさせないさ」

魔神の言葉に応じたのは、ラオドだった。彼は一歩前に出る。と同時に、部屋から一人の騎士が広間から出て行った。

『ほう、何か考えでも生まれましたか？』

「……フィスデイル王国の面々、配下に作戦の指示を出した。魔神がこの場所から外へ出ないよう、尽力してくれ」

――セシルはなぜ、と問うことはしなかった。ラオドの目は諦《あきら》めているどころか、勝機を見いだしたかのような雰囲気に満ちていたためだ。

「わかりました」

セシルが魔神に進み出る。それを援護するようにオウキやシュウゴ、ヒメカといった面々が、魔神と向かい合う形で武器を構える。

ラオドを始め、マガルタ王国の騎士達も残った者は結集して次の攻防を繰り広げる準備を整える。騎士エルトもフィスデイル王国の騎士達を集め、攻勢に出る構えだ。

一連の動きを見た魔神シャルノーの目は笑った。次いで、嘲笑するように声を上げる。

『ははは、何かしら策が浮かんだようですが……果たして、通用するでしょうか？　騎士エルト、あなたはどう考えていますか？　本当に勝てると思っているのですか？』

「この場にいる者達は、全員死ぬかもしれません」

エルトは、そんな風に魔神へと応じた。

「しかし、この身が朽《く》ちようとも……あなたをここから出しません」

『悲壮な覚悟ですね。邪竜の侵攻により絶望していたあなた方は、もっと暗かったはずですが、今は違う。それはおそらく、後を任せられる存在がいるのかいないのかによる違いでしょうか』

シャルノーの視線がセシル達とは異なる場所を見る。それは廃城の外で戦っているユキト達に向けられたものか。

『勇者ユキトは大丈夫だと、信じているようですね……しかし、本当にそうでしょうか？　聖剣の力は生半可《なまはんか》なものではない。リュシルの切り札も驚くべきものですが、果たしてそれだけで足りるかどうか』

魔神の言葉に——答えを提示したのは、セシルだった。

「勝つわ、ユキトは」

端的な物言いに対し、シャルノーは目を細める。

『そう信じなければいけない、などと思っていそうですね』

「なんとでも言えばいい……ユキトは必ず勝つ」

口にするだけで、セシルの体から疲労感が抜ける——ユキトもまた奮戦している。だからこそ、負けるわけにはいかない。

『……いいでしょう。その希望を真正面から砕くのも一興。絶望に染まるのが楽しみですね』

シャルノーはそう言うと両腕にまとわせる魔力を厚くする。来る――セシルがそう直感した直後、全てを滅するべく魔神は突撃を開始した。

＊　＊　＊

戦場を圧する魔力が生まれ続ける中で、ユキトとカイの戦いは続いていた。戦況は徐々に人間側が有利となっており――その原因が巣を破壊した事によるものだとユキトは察すると、カイと一度距離を置いた。

「そちらはもう魔物を作り出せない」

「確かに、巣は破壊されてしまったようだ。なおかつ、グレン……いや、魔神シャルノーは外に出ていない」

と、カイはやれやれといった様子でユキトに答える。

「魔神としての能力をある程度検証したら、僕と合流するよう指示したんだけどね」

「騎士達が抑えて外に出られないんじゃないか？」

「その可能性は否定できないけれど、あるいは単純に城内にいる騎士達を殲滅《せんめつ》してから、という腹づもりかもしれないね。人間であったあの人はずいぶんと几帳面のようだったから」

城で一際魔力が高まる。天神の力を通して、気配を感知できる。城内で間違いなく戦っている。距離があるため詳細まではつかめないが、霊具を誰かが用いているのがわかる。

「……後は、どちらの策が上回っているのかだけだな」

「そうだね」

柔和な笑みを作るカイ。けれどすぐに顔つきを鋭くさせた。

そんな表情をどう崩すのか——ユキトは背後から魔力を感じ取る。

『ユキト』

リュシルの声が頭の中に響いた。それでユキトは理解した。ようやく、準備が整った。カイと距離を置いたことで次の行動に移すことも容易《たやす》い。

突如、ユキトは足を後方に向け、跳ぶようにカイから距離を置いた。唐突な行動に対しカイは訝《いぶか》しげな目をした直後、彼を中心に魔力が溢《あふ》れ、魔法陣が足下に形成された。

「何……!?」

思わぬ行動と思わぬ変化。その二つを目の当《ま》たりにしてカイは初めて驚愕《きょうがく》の言葉を放った。同時、魔法陣の魔力がせり上がって円柱状に結界が生じた。それは魔法によって外と内側を隔てるものである。

「……驚いた。僕を結界で閉じ込めるというわけか？」

状況を理解したカイは聖剣を構え直す。

「けれど、土地の魔力を使おうとも聖剣の力ならば――」

彼が次の言葉を言い終える前に、さらなる策が押し寄せる。今度は中軍からやや後方、ユキトから見て斜め右と左の方向から魔力が生まれた。

その根源が何なのか、ユキトはすぐに理解した。昨日までは、本陣を守っていた二人の王女――シャディ王国の王女ナディと、ベルファ王国の王女シェリスの二人だ。両者がこの魔法の魔力を供給している。しかし、魔法そのものを発動させている人間は別にいる。

「こんな連携魔法を、事前の打ち合わせだけでやるとは……」

『それだけ優秀、ということよ』

ユキトの呟《つぶや》きに対し、リュシルが声を響かせて答えた。

『けれど、彼も不本意でしょうね……こうした魔法を使う相手が、カイであるのは』

ユキトは振り返らなかったが、背後――本陣付近の気配を探る。そこに、リュシルと共にこの戦場を訪れた仲間がいた。

本来はリュシルのみがここへ来るはずだった。しかし彼女は急遽《きゅうきょ》、方針を転換してユキトの仲間の一人を呼び寄せた。それは、

「そうか……！」

魔力を察知したか、カイは合点がいったように声を上げる。

「ツカサの、魔法か……！」

「その通りだ」

ユキトが解答を提示する――仲間の一人であるツカサ。カイとは異なるベクトルではあるが天才であり、その役割は今まで後方支援に終始していたが、所持する霊具は天級。やりようによっては聖剣と肩を並べる力があるかもしれない、というものだった。

ツカサが所有する霊具の名は『空皇《くうおう》の杖《つえ》』。天候さえ操ると言われるほどの能力を持つ霊具で、それを所持する彼の発案でナディとシェリス、二人の王女と連携し、それにより生まれた魔法が、今まさに発動されようとしていた。

カイは聖剣の力を用いて結界を破壊しようとする。だが、それよりも先にカイの頭上に光が生まれる。

空間を歪《ゆが》ませるようにして現れたのは、巨大な光の槍《やり》。本来ならば以前交戦した巨大なゴーレムを破壊するために用意されるべき、大規模魔法。魔法陣による結界はカイの動きを制限するだけでなく、内と外を隔ててユキト達に魔法の被害が及ばないようにするためのものであった。

光は太陽の光さえも上回るほどの光量を発し、一時戦場を支配する。そうした中で、ユキトは見た。カイが頭上の光を見た後、ユキトへ首を向けるのを。

それと共に何度見せたかわからない微笑を浮かべた。さすがだ――自分を倒すために、これほどの策を弄《ろう》するのかと、驚きながら楽しんでいる雰囲気さえあった。

その直後、光の槍がカイへ向け放たれた。大気を切り裂く甲高《かんだか》い音が響き、魔法陣内で炸裂《さくれつ》。金色の光が、結界の内側で荒れ狂い始めた。

カイの姿は光に飲まれ見えなくなる。周囲の騎士達が目を見張る中、ユキトはただ嵐のような光の奔流《ほんりゅう》を眺め続ける。

その間に体調を確認する。戦い続けたことによって、疲労が相当溜《た》まっている。

その時、横から足音が。見れば、別所で戦っていたレオナとダインの二人が近寄ってくる光景。そこでユキトは、

「ダインはひとまず待機。レオナは次の攻撃に入るから手を貸してくれ」

「わかった……けど、ユキト、大丈夫？」

「疲労がのしかかっているのは間違いない。でも、カイを倒せる最大の好機だ――」

その時、大地に異変が生じた。リュシルが語っていた通りだった。結界を張り、カイを閉じ込めてツカサの魔法を放つだけではない。

大地に魔力が伝い、それが導火線のようになってカイが立っているであろう場所へ到達し――直後、轟音《ごうおん》が戦場に響いた。

二つ目の魔法は上空からではなく、大地から噴き上がる衝撃波だった。地面を破砕しながらの魔法は、まともに食らえば悪魔でさえボロボロになるであろう出力を秘めている。

地面が割れ砕けた影響によって、結界の内側は土砂が舞い上がる。光はなおも荒れ狂っ

ているため、光と粉塵《ふんじん》が舞うという奇妙な状況になった。

もはやそれは、一介の人間を相手にしているものではない。だが、この戦場に立っている人間は感じている。すなわち、聖剣を握るカイはまだ、耐えていると。

そこでユキトは剣を掲げるようにして構えた。途端、剣の先端に光が生まれ――カイが見せたような光の剣を形作る。

「レオナ！　メイ！　魔力を注いでくれ！」

指示した直後、レオナが斧《おの》をかざしメイの歌声が戦場に響いた。二人の魔力が刀身に注がれると、光の剣は一層輝きを増していく。

その時、ユキトは魔法陣を挟んだ反対側にレヴィンの姿を目に留めた。最前線から戻ってきた彼の周囲には、森にいる魔物と相対していたはずの魔術師が多数いた。

「攻撃開始！」

直後、魔術師達が一斉に魔法を解き放つ――地面からの攻撃に加え、次は戦場にいる魔術師の一斉掃射だった。結界は内から外への魔力の流れを遮断するが、外から内側は通す性質を持っている――魔神ザルグスとの戦いでリュウヘイが見せた機能を持っており、多数の魔法が光と粉塵が渦巻く結界へと、叩《たた》き込まれた。

「絶え間なく魔法を撃ち続けろ！　魔力が尽きても構わん！　全てを注げ！」

レヴィンがさらに命令を下した。それによって動き出したのは彼が率いている魔術師だけではない。この場に残っていた魔術師達に加え、遠距離攻撃ができる霊具を持つ、他国の騎士達も呼応する。

魔物や悪魔の迎撃を最低限にすらして、無数の魔法攻撃が結界の中へと注がれた。一発一発は大規模魔法と比べるレベルではないが、それが十や百どころではなく、千という単位になればツカサが生み出した光の槍《やり》や、大地の力を利用した爆散魔法――それと比肩《ひけん》しうるどころではなく、超えるだけの威力を総合的に生み出せる。

そうした中でユキトは、剣に魔力を収束させて待った。結界の中がさらに荒れ狂い、もはやカイがどうなっているのかまったく認識できない状況であっても――彼は生きていると断じ、ユキトは攻撃態勢を維持する。

そして――一斉に放たれた魔法が途切れた瞬間、とうとうユキトは光の剣を振り下ろした。レオナの魔力を受け光に紫色の炎をまとわせた斬撃は、結界を貫通してカイが立っているであろう地面に振り下ろされた。大規模な攻撃のため、斬る感触はない。そして炎が刀身を介して膨れ上がり、他の魔法などと共鳴したか結界の内側で燃え上がった。光の残滓《ざんし》、粉塵《ふんじん》、紫の業火――それらが混ざり合い、膨大な魔力は天へと昇っていく。

ユキトは光の剣を解除して、呼吸を整える。次いで身の内にある魔力量を確認し、リュシルへ問い掛けた。

「余裕はある……なんて、言いがたいな。ただ、さすがにこれならカイも……」

『普通なら、人間なんて原型さえ留《とど》めていられないほどの魔法だけれど……聖剣ならば、耐えられるでしょう』

「リュシルさんは、あの聖剣のことをどこまで知っているんだ？」

『あれは私とは縁がなかった天神によって生み出されたものだから、詳しくは知らない。けれど、魔神との戦いで切り札になったものであったことは残された文献で確認できた』

「それだけの力を秘めているというわけだな……リュシルさん、次の策は？」

『カイに同じ手は通用しないでしょう。ツカサには別の手段を用意しているけれど、さすがに今の規模の魔法を放つには時間を要する』

「つまり、また時間稼ぎが必要ということだな」

その時、パキンと結界にヒビが入る音がした。急ぎユキトは仲間へ指示を出す。

「レオナ、ダインの二人は反対側にいるレヴィン王子の援護を頼む」

「ちょっと、それってユキト一人でカイと戦うってこと？」

「俺の方はどうにかするさ。それよりも、レヴィン王子が心配だ。あの人がいなくなれば戦線は崩壊して森から魔物や悪魔が押し寄せる。周囲が敵だらけになったら負けてしまう」

「……わかった。ダイン、行こう」

「ああ……ユキト、武運を祈る」

「ありがとう」

素早く立ち去るレオナ達を見送ると、今度はメイへ指示を出す。

「メイは少し下がって引き続き援護を……魔力は大丈夫か？」

「問題ないよ」

「声の方は？」

「そっちだって問題なし。アイドル、舐《な》めないでよね？」

軽口にユキトは小さく笑みを浮かべる。その間にも結界は割れ続け、いよいよ限界だとユキトは警戒を強めた際、

「……ねえ、ユキト」

ふいに、メイが名を呼んだ。

「戦っているのなら、ユキトはカイの心理を読んだんだよね？」

「……ああ。少しくらい防いでくるのかな、と思っていたけど普通に読めた。カイはたぶん、わざとそうしたんだと思う」

「そっか。カイはどうしてあっち側に行ってしまったの？」

「……カイは決して変心したわけじゃないんだ。俺達が知るカイは、誰にも言わなかった願望があった。それはカイ自身も子供じみたものだと考えている願い……世界を支配するという願い。それを捨てることなく、今まで生きてきた」

「隠していたの？」

「そうだ。記憶が戻ればこうなるしかなかった……クラスメイトとして過ごしている時、誰も気付けなかったその野心が、この世界に召喚されて表面化しただけなんだ」

――つまり、カイを説得することも、洗脳を解くなどということもできない。そもそも彼は自らの望みで反旗《ひるがえ》を翻した。

「状況を打開するには……一つしかない」

「一つ？」

ユキトはそこで沈黙する。メイは問い返さなかった。無言に徹するユキトの姿を見て、その方法がよほどの内容なのだろうと推測したらしかった。

会話の間にも結界が壊れていく。それよりも先んじて光と炎が消えると、とうとう結界が破砕した。ガラスが割れるような甲高《かんだか》い音が響き、残った粉塵《ふんじん》が周囲を舞う。

風が吹き抜け、魔法陣の内側が姿を現す。地面は砕け、多数の魔法により熱を持っている。その中で聖剣を握る彼は――

「……ここまで凄《すさ》まじい攻勢、とはね」

カイの声だった。予想通りであったためユキトは無言で見つめる。

やがて彼が姿を現した。猛攻を防ぎきったカイだったが、さすがに無傷というわけにはいかなかったらしい。体のあちこちから出血が見られ、白い騎士服が赤く染まっている。

「ツカサだけでなく王子達も容赦がない……けれど、リュシルさんの策であるなら当然か。聖剣の力……それがどれほどなのか知っているわけだから。それに加え、騎士や魔術師は僕のことを聖剣の力を得ている偽物、とでも認識しているのかな？　でなければ、あまで容赦なく魔法を放たないだろうから」

カイの言葉を受けて、ユキトは相手の目を見据えながら口を開く。

「……本物か、偽物かなんて議論はこの戦場で散々成された。答えが出るはずもないし、状況的に偽物だと考えるのが普通だ」

「ああ、そうだね。手を抜けば僕を倒すことはできない……だからこそ、何も言わず攻撃しろと命令したわけだ」

土煙が完全に晴れる。周囲に魔物や悪魔の姿はなく、カイは完全に包囲されている状態。もっとも、騎士達は遠巻きにカイを眺めている状態であり、向かうようなことはしない。

ただその中で一人、カイの背中を見つめるレヴィンの姿があった。場合によっては、奇襲を仕掛ける可能性もあるが——カイの目線が背後へ向けられようとした時、ユキトは先んじて足を一歩前に出した。

「させないさ」

「……どさくさに紛《まぎ》れて王子を倒すのは無理か」

「そんな隙《すき》を晒《さら》したなら、今度こそ終わらせる」

「ま、そういうことだね……いいだろう、そちらも限界が近づいている。僕の方も負傷して百パーセントの力は引き出せない……次で、決着をつけよう」

聖剣から魔力が噴出する。負傷してなお、最初にぶつかり合った時と何ら変わらない気配をカイは漂わせている。

やがて森から魔物や悪魔が押し寄せる。信奉者が率いる形だが、その数は戦いが始まった時よりも少なく、巣を破壊した以上はいずれ制圧できるだろう。

そうなればカイは著しく不利な立場に立たされる――が、それは廃城における戦い次第とも言える。現在、魔神と化したグレンと城へ向かった者達が交戦している。もしそれに敗北してしまったなら――

ユキトが思考を巡らせていると、カイが踏み込んだ。ユキトも応じるべく剣に魔力を集めて走る。

（信じろ――）

自分に言い聞かせるようにユキトは呟《つぶや》き、カイと剣を合わせた。再び激突する天神同士の力。そこへメイの歌声が響き渡り――それはまるで神話の世界、青い空の下で宿命の戦いが繰り広げられているかのような光景だった。

＊　＊　＊

魔神の暴虐とも呼べる猛攻に対し、セシル達は防戦に徹しながらどうにか反撃を試みる。だが、肥大した腕から繰り出される攻撃を弾くだけで精一杯だった。

（強い……！）

セシルは魔神ザルグスとも戦った経験がある。けれどあれは、たった一人を前にシェリス王女を含め多数が全力を尽くした結果、勝利した。今回も状況は似通っているが、決定的な違いは目の前の魔神に対抗できるだけの力を持つ人間がいないことと、魔神そのものが持っている再生能力だ。

魔神シャルノーの攻撃は極めて単純であり、再生能力により防御を完全に放棄し捨て身の攻撃を繰り返している。反撃して傷をつけても、それにより魔神が止まることはなく、特級クラスの霊具を持っていない者は、竜族であってもその体が吹き飛び息絶える。

そうした状況下にも関わらず、次々と味方がここまで入り込んでくる。けれど何もしなければただ死ぬだけであるため、ラオドが叫んだ。

「一人で対処するな！　二人、三人で連携して対抗しろ！」

指示によって、徒党を組むことで騎士達はどうにか魔神の攻撃を防ぐことができた――はずだったが、

『無駄ですよ、この力の前では』

さらに出力を引き上げた攻撃により、騎士は数人まとめて吹き飛ばされる。セシル達は

攻め手を失いつつあり、戦況は圧倒的な劣勢であった。

『ふむ、霊具の成長を果たした騎士も、来訪者すらも圧倒できる……勇者ユキトが相手ならば話は別かもしれませんが、彼はカイ様に任せればいい。勝負は決しましたか』

広間に多数の騎士が倒れ伏《ふ》す中、魔神シャルノーはそう感想を漏《も》らした。

『ええ、ええ。検証は十分でしょう。早速カイ様の所へ……と、言いたいところですが残っている者達の始末が先でしょうか』

魔神はセシル達を一瞥《いちべつ》する——全員が肩で息をするような状況であり、限界がすぐそこまで来ているのが一目でわかる。

どうにかエルトとラオドの指示によって持ち堪《こた》えているが、それも後どれほどもつのかわからない。

『そちらは策がまだあるようですが、事前に仕込みもなく急造のものであれば恐るるに足らない。騎士エルト、私は不死身でありこの城を破壊するほどの魔法であっても再生する。いい加減、諦《あきら》めたらどうですか？』

「希望は捨てません」

明瞭な返答だった。それで魔神は目の色を変える。先ほどまでとは一変し、失望を兼ね備えたものに。

『わかりました……いいでしょう。ならば希望を抱いて、死になさい』

魔神が来る。狙いはエルトであり、一瞬で迫り気付いた時には彼は腕を避けられるタイミングを逸してしまった。

セシルが反射的に援護しようとした矢先、エルトの体が突如消えた。彼が持つ霊具の効果で、幻を見せた。次の瞬間にエルトは魔神の横へ到達しており、その剣を胴体へ薙《な》いだ。

援護に入ろうとしていたセシルは、これを好機だと悟って床を大きく踏みしめながら剣を振った。斬撃は魔神の胸元へ入り、全力の剣戟《けんげき》は相手の体をわずかに揺らがせる。

そこへ、追撃としてオウキとシュウゴの二人が入った。オウキの連撃が一瞬の内に注がれ、さらにシュウゴの槍《やり》が胸を貫き、吹き飛ばす。彼の刺突《しとつ》は回転を利かせており、まさしく今までの中で最高の一撃だった。

加え、後方にいたアユミの矢が魔神の頭部へ突き刺さり、追い打ちをかけた。ドン、という重い音が響いたかと思うと魔神の体が衝撃によって大きく傾き、足が宙に浮いて——地面に倒れ伏した。

一瞬の攻防かつ、セシル達が繰り出せる最後の全力。セシルは身の内に残った魔力を計りながら、次の攻防は受けきれないと悟る。

一方で魔神シャルノーは動かなかった。倒れ伏したまま今の攻防を吟味しているような節さえあり、

『……ふふふ、ははははは！』

哄笑《こうしょう》が、広間に響き渡った。

『さすがです、騎士エルト！　幻術を駆使しただけでなく、他の者達がすかさずカバーに入って、最後に私はこうして倒れてしまった……来訪者達の練度もさることながら、絶望的な状況で反抗する力というのは、限界を超えて引き出されるというわけですね』

魔神がゆっくりと起き上がる。その間に刺し貫かれ、斬られた傷が修復していく。

『しかし残念です。どれほど傷をつけたとしても、この私が死ぬことはない……魔神の力を不死性に特化させたのがこの私。実力的にカイ様より劣るとはいえ、この力を使えばある種彼を超えることも――』

「残念だが、それは無理な話だ」

まくし立てるように喋《しゃべ》る魔神シャルノーに対し、反応したのはラオドだった。

「貴様はこの寂れた廃城で滅びるんだからな」

『限界も近いその体で、よく啖呵《たんか》を切れますね』

「策は成った……貴様が検証などということをしている間に、全て終わったよ」

直後、広間に魔法陣が生まれた。それが効果を及ぼすより先に、ラオドはさらに続ける。

「貴様の敗因は一つ……情報不足だ。こちらがどういった手段を用いてこの戦争に挑んだのか……それを少しでも知っていれば、負けはしなかったか……いや――」

ラオドは目の前にいる魔神を見据え、

「たとえ情報を持っていても、これまで戦ったことなどなかった貴様には、活用することはできなかっただろうな」

『何を言っているのです？』

魔神が聞き返した直後、魔法陣が輝きを増した。その直後、

『……ぐっ⁉』

魔神が呻《うめ》いた。しかもそれは、明らかに苦痛を伴うものであり、反応を見てラオドは解説を始める。

「それは本来『魔神の巣』を破壊するために用意された術式だ。新たに開発した魔法であり、初日にマガルタ王国が巣を破壊したのもこの魔法だ。もしこれを解析していれば、防げる可能性もあったはずだが」

『一体、何を……⁉』

「これは魔法陣の魔力を照射することで巣に存在する魔力を相殺《そうさい》させる術式だ。巣の魔力を解析し、巣の内側に存在している魔力そのものを消し去る。いかに物質化しているにしても、本質的には魔力の塊だ。よって、この魔法によって巣は自壊したよ」

説明の間も魔神は痛みを伴うのか幾度も唸《うな》り声を上げ、体に異変が生じたためかセシル達へ攻撃を仕掛ける様子はない。

「もっとも、魔法をしっかりと発動させるには対象の魔力を分析しなければならない。巣

が相手ならば遠距離からでも魔力を解析はできる。信奉者相手には……わざわざ一人一人に解析すること自体、労力に見合わない上、防御として結界でも張られたら分析は難しくなる。だからこそ活用できる可能性は低かったが」

ラオドは、剣の切っ先を魔神へ向ける。

「貴様は違った。再生能力があるからこそ、結界などという防御手段も必要がない……今更結界を生み出しても遅いぞ。既に魔力は余すところなく分析し、その結界すらも貫通して魔力を相殺《そうさい》していく。その痛みは、魔力が消滅することによるものだろう」

『ぐ、おおっ……!!』

呻《うめ》き声を上げながら、魔神はようやく行動を開始する。誰かを狙うわけでもなく、苦痛から逃れるべく広間の外へ向かって走り出そうとする。

「追い込め！」

しかしラオドはそれを制した。生き残っていた騎士達が横から刃《やいば》を突き立てる。魔法による影響か攻撃が決まった瞬間、魔神シャルノーはさらなる苦痛の声を上げげた。痛覚を遮断できていない――というより、思わぬ事態に混乱している。

しかもそればかりではなかった。これまでは瞬時に再生していた肉体が、変化しない。

それに気付いたシャルノーは、

『馬鹿な!? 何故《なぜ》――』

「簡単な答えだ」

応じたのはラオド。彼は魔神へ走り寄る。

「再生能力——不死身なのは確かだろう。だが、肉体は魔力を基にして再生される。そして、人間を辞めた貴様は魔力の塊……魔力が尽きれば、再生能力も不死性も働かなくなるというわけだ！」

ここでセシルも奮い立ち魔神へ駆けた。体は限界に近いが、この最大の好機を見逃すわけにはいかなかった。

魔神がなおも戸惑っている間に、アユミの矢が再び脳天へと突き刺さった。その反動でよろける相手に対し、オウキやシュウゴ、エルトやラオドが——刃を、魔神の体へ突き立てた。

『お……』

痛みのためか、身動きが取れなくなる魔神。そこへ最後、セシルが一閃《いっせん》する。その狙いは、首。

「消えなさい、魔神——」

『があああっ！』

雄叫《おたけ》びと同時にセシルの刃が、魔神シャルノーの首を刎《は》ねた。宙を舞う頭部。それは地面へと落下するより前に、塵《ちり》となって消え失《う》せた。

同時に体も消えていく。それを確認してセシルは片膝《かたひざ》をついた。魔力は底を突きかけ限界に近い。あと少し、戦闘が長引けばどうなっていたことか。

「大丈夫か、騎士セシル」

ラオドが声を掛けてくる。セシルは頷《うなず》きながらどうにか立ち上がった。

「勝ちましたね」

「どうにか、な。ギリギリだったよ。最後の最後、痛みにも構わず広間を脱出されていたら、同じ手は通用しなかっただろうから結果は違っていた」

「魔力を解析した以上、魔神に通用していたのでは?」

「勇者カイと合流していたら対策は立てられていただろう、という話だ。グレン自身の慢心と戦闘経験のなさ……その二つがあって、どうにか勝ちを拾えた。もっとも犠牲は大きかったが」

――広間には多数の死体がある。収容したかったが、まだやらなければならないことがある。

「巣を破壊し、グレンは倒しましたが……」

「城内に他の信奉者の気配はない。戦場に出ている信奉者で全員というわけでもないだろう。邪竜とその側近は勇者カイを除いて引き揚げたと考えてよさそうだが、こちらは最大の脅威が残っている」

セシルは騎士エルトを見た。彼もまた限界に近いのか険しい顔をしており、来訪者達も同様に疲労の色が濃い。

だが、それでもまだ戦わなければならない敵がいる。号令は、代表してラオドが行った。

「全員、平原へ向かうぞ！」

セシルは気力を振り絞り、走り出す。城を出て、ユキトの援護へ向かう。満身創痍《まんしんそうい》の自分がどれほど役に立てるのかわからないが、それでも、パートナーである以上は向かわなければならない。そんな思いを胸に、セシルは走り続けた。

＊　＊　＊

無数に繰り出される斬撃をかわしながら、ユキトは周囲の気配を察知し戦況を把握していたのだが――やがて、あることに気付く。

（魔神の気配が、消えた？）

それはいつの間にかなくなっていた、が正しかった。ユキトはどうにかカイの剣戟《けんげき》を振り払って間合いを脱する。そこで、改めてユキトは気配を探った。

「……魔神を倒したか」

「少し前に、ね」

カイはユキトへ応じつつ、小さく肩をすくめた。

「僕もユキトと戦っていて気付くのが遅れたようだね……グレンはしくじったみたいだ」

悠長に城を振り向いたカイは、冷淡に告げる。

「やられた要因としては……強大な力を持て余してしまったか、それとも戦闘経験のなさが原因かな？」

「……戦いは、俺達の勝利だ」

ユキトが宣告する。カイはそこで向き直り、

「ああ、そこは間違いない。戦場に立った信奉者は迎撃され、巣は壊され魔神すらも滅ぼされ……こちらの勝機はなくなった」

けれどユキトは表情を変えるどころか、険しいままだった。理由は目の前にいる聖剣所持者。

「けれど、次の戦いに備え布石を残すことはできる」

「現状、既に包囲され始めている。その状況下で、まだ戦うつもりか？」

いくら聖剣所持者であっても——そういう意味を乗せた問い掛けだったが、カイはもちろんとばかりに頷《うなず》いた。

「戦場にはまだ魔物も悪魔も残っている。この戦いに決着をつける時間くらいは残されて

いる」

カイは聖剣に力を集める。ユキトも剣を構え直した——が、

（こっちに残された時間はほとんどないな……）

疲労感に加えて、リュシルの力も限界が差し迫っているのが明瞭に理解できた。天神である彼女も完全ではない以上、注げる魔力も上限がある。カイとの戦いは、リュシルですらも追い込むものであった。

ユキト自身、カイに疲労を悟らせないよう取り繕《つくろ》っているのだが、カイはその全てを看破した上で、話す。

「……この戦い、僕にとって勝利は絶対条件だ。ただ、完全勝利できる可能性は、そう高いものではないと考えていた」

「勝利条件を変更でもするのか？」

「変更はしないさ……そもそも、僕が設定した勝利条件は信奉者とは違う」

どこからか悲鳴が聞こえてくる。それはどうやら信奉者のものであり、おそらく戦場に残っている信奉者も劣勢に立たされているらしい。

「この戦いで……天神であるリュシルさんと僕の側近であるユキト。その二人さえ始末できれば……僕の勝ちだ！」

カイが迫る。負傷していてなお、突撃の鋭さは何一つ変わっていない。ユキトはそれに

対抗するべく全力を振り絞る。リュシルもまた頭の中で声を張り上げ魔力を注ぎ、メイの強化が全身を包み込む。

剣戟《けんげき》がかみ合った瞬間、ユキトはカイの斬撃の威力が一切衰えていないのを察した。そうした中でユキトは気力を奮い立たせ、少しでも長く、戦い続ける。

防戦一方となりそうになるのを堪《こら》え、ユキトは反撃として剣を差し込んでいく。だが、その全てが完膚《かんぷ》なきまでに弾き返される。今のユキトにとってカイはあまりに高く立ちはだかる巨大な壁となっていた。

（まだ、足りないというのか……！）

持てる全ての手段を投じてきたはずだった。けれど、少しずつ着実にユキトは追い込まれていた。

残る手は、本陣にいるツカサの援護。次の策として準備を急いでいるはずだが――

その時、カイは突如ユキトに対する攻撃を中断した。一瞬の内に後退し、ユキトですら反応できず立ち止まる。

その直後だった。カイが後退した地面に光が生まれる。それはどうやらツカサ達の策であり――先ほどと同じような魔法陣ではない。同様に拘束しようとしてもカイは即座に対応するはずであり、だからこそ今度は、一瞬で発動させる魔法だった。

ユキトは本陣や王女達がいる場所から魔力が大地を介し伝っていくのを認識する。しかもそれは一瞬であり、カイが後退した一瞬の隙《すき》を突いて狙い澄まし、放たれた第二の矢であった。

「今度は最速で魔法発動させようとしたわけだ」

だが地面から魔法が噴出するより先に、ユキトは確かにカイの声を聞いた。刹那、彼は聖剣を地面へ、突き立てた。

何をする気だとユキトが注視した瞬間、とうとう地面を伝い魔力が収束して魔法が起動する――そう思った時、聖剣の魔力が地面へと注がれた。

それで、異変が生じた。地面から現れようとした魔法が――突如、動きを反転させた。

次に何が起こるのかユキトは察知したが、何もかも間に合わなかった。

魔力が逆流し――王女二人が立つ場所と本陣から、爆発音が生じた。ユキトが戦場を見回すと、本陣を含め三ヶ所、黒い煙を上げる場所があった。

「――心配はない。今ので王女やツカサが死ぬ事態にはならないさ」

やがてカイは地面から聖剣を引き抜き、先端についた土を素振りして払いのける。

「本来起動するはずだった魔法……魔力の一部が地表に出て爆発した。大半は聖剣の力で相殺《そうさい》したか、地底奥へ流れた……ツカサ達による次の一手が、こうなることは読んでいた。最大の落ち度は、僕に攻撃を食らわせるにはそれなりに威力がなければならない……空からの攻撃では不十分であるため、地面を利用した攻撃一択だと予想できてしまったことだ」
　――だからといって、それを跳ね返すなどということは、想像の埒外《らちがい》だっただろう。ユキトが黙ったままカイを見据えていると、相手は再び剣を構えた。
「これで邪魔する者はいなくなった。今度こそ、決着をつけよう」
来る。そう思った直後に、カイは間近まで迫っていた。ユキト自身、疲労が溜《た》まってい
たことに加え、カイが聖剣の力をさらに引き出しているため、反応が遅れてしまった。
（ツカサ達の魔法が来るのを見越して、対策するだけの余裕があったということか
……!?）
　もはや味方の援護はない。だからなのか、カイの剣はさらに苛烈《かれつ》となった。
「リュシルさん！」
　ユキトは声を発しながら聖剣を受けた。再び魔力が刀身に収束するが、それでも最初と
比べて力は弱々しかった。自分も、天神である彼女も――ユキトが全力でカイの刃《やいば》を振り
払った瞬間、とうとう限界が訪れた。
「っ……!!」
　体から魔力が抜けたかと思うと、ユキトの隣にリュシルの姿が現れる。とうとう『神降
ろし』を維持するだけの力もなくなり、ユキトの姿も黒一色へと戻る。
　カイはそれを見て無言のまま聖剣を構えた。剣に魔力が収束し、今まさにユキトへ振り

下ろされそうになる。

「くっ……！」

ユキトは即座に体勢を立て直した。直後、カイから放たれた斬撃を受け止めたが、当然ながら耐えられるものではなかった。

一瞬で体が持っていかれる。だがそこへ援護に入ったのがリュシル。残る魔力を活用してユキトを外部から強化して、どうにか踏みとどまる。

カイはその動きに目を細め、視線をリュシルへ向ける。まずい、とユキトが彼女をかばおうとした時、戦場に声が響いた。

「ユキト！」

セシルの声だった。魔神を倒し、その足でこの戦場へと戻ってきた。

おそらく彼女はグレンと戦っていたはずだった。けれど、援護するために――ユキトの視界にセシルやオウキの姿が入る。ラオドもまたマガルタ王国の騎士を率いて接近してくるのが見えた。

本来ならば、味方が来て安堵《あんど》するような状況。だがユキトの見解は違っていた。

「……やめろ」

それは誰に発した言葉なのか咄嗟《とっさ》にユキト自身も理解できなかった。直後、カイは聖剣の魔力を高める。標的は自分か、それとも向かってくるセシル達か。

「この戦争で、魔神を押しのけたという勝利はあげるよ」

カイはそう言いながらゆっくりとユキトに背を向けた。

「だが、傷は残す……ユキトも、来訪者も、共に戦っていた騎士達も……その全てを。聖剣の力で滅する。ユキトは動けないだろう？　ならまずは、向かってくる騎士達だ」

――ユキトは返答すらできなかった。満身創痍《まんしんそうい》の状態でかつ『神降ろし』が解除されている今の自分では、カイを押し留《とど》めることはできない。むしろ、背中から斬りかかってくるのを彼は待っている。そして切り結べばどうなるか、結末は一択だ。

だが、ここで動かなければ――ユキトは一度、大きく息を吸った。同時に、体が震える。

それは自分の無力感に対する絶望でも、怒りでもなかった。向かってくる仲間達。その中でセシルの姿を認め、今更ながら気付いた。

（ああ、そうだ……俺は……）

気付いた、という表現も違ったかもしれない。抱いていた感情であったが、無理矢理心の奥底に封じ込めていたもの。危機的状況で、あらゆる感情がこぼれ落ちる中で、むき出しになった自らの本心が、その事実をユキト自身に認めさせた。

それと同時、ユキトは決断する。勝てないとわかっている。だがそれでも、守らなければならないものがある。

　リュシルは先ほどの攻防で力を使い果たした。だから、

「ディル……まだ、いけるか？」

『うん』

「今この一時《いっとき》でいい……ディルだってどうにかなるかわからない。でも」

『わかってるよ、言いたいことは。どうなっちゃうのか私もわからないけど、やるだけやってみようか』

　陽気な声にユキトはほのかに笑みを浮かべ、ディルへ指示を出す。

「一瞬でいい、俺に力を貸してくれ――カイを、止められるだけの力を！」

　漆黒《しっこく》の剣が、輝いた。それと共に膨れ上がる爆発的な魔力。疲労も全てが吹き飛ぶ中で、ユキトは突貫の声を張り上げ走り出す。

　それにカイは――振り向いた。ユキトが目にしたのは、なぜまだ戦えるのかという、困惑した表情だった。

「ユキト……！」

　名を呼ぶと共に、カイは迎え撃った。純白の魔力と、漆黒の魔力。共に天神由来の力ではあれど、両者の魔力はまるで相反するようにぶつかり合い、天へと昇っていく。

　聖剣とディルがかみ合い、力が拮抗《きっこう》する。だがそれは一瞬のことだった。カイがさらなる力で蹂躙《じゅうりん》しようとした矢先、ユキトの剣が、一際爆発的な魔力を発した。

初めて――ユキトの剣がカイの聖剣を圧倒した。繰り出されるディルをカイは防ぐだけで手一杯となる。

完全にユキトが優位に立つ状況で、カイは逃げようと一歩下がる。ユキトが極限状態にあるのは誰の目にも明らかで、無茶な攻勢により限界はすぐに来るはずだった。よって、間合いを開けようとした。

だが、ユキトは前に進んだ。そしてカイの予想以上の速度で肉薄し、今度こそ――聖剣を押しのけ、振り下ろされた黒い刃《やいば》が、カイの体を通過した。

「っあ――！」

声と共に鮮血が舞った。カイは苦悶《くもん》の表情を示し、なおもユキトは足を前に出す。今しかないと、ユキトは狙いを聖剣に定めた。彼の手から聖剣を離してしまえば、勝利できるはず。

けれど、それは叶《かな》わなかった。苦痛の中で放たれたカイの斬撃をユキトは弾き返すが、ほんのわずか、足がぐらついた。早すぎる限界。だが、ユキトは咆哮《ほうこう》のような声を上げながら無理矢理カイとの間合いを詰める。

しかしその隙《すき》をカイは見逃さなかった。聖剣が一際輝く。視界が真っ白になる中で、ユキトは剣を振るが、手応えはなかった。

（逃げた、か……！）

聖剣の力により、転移した——そう頭の中で理解した直後、光が消えカイの姿は、なくなっていた。

そこでユキトは完全に限界を迎え、体が倒れそうになった。どうにか堪《こら》え、残る力で気配を探る。

（カイは、魔物は……まだ、周囲にいるのか……？）

もしまだ攻撃してくるのであれば、残る力で戦わなければならない——そう思っていた時、パートナーの声が耳に入ってきた。

「ユキト！」

駆けつけたセシルだった。その声をきっかけに、ユキトは膝《ひざ》から崩れ落ちた。

即座にセシルが体を支えた。ディルも限界を迎えたか魔力を発しなくなり、戦場は風の音しか聞こえなくなった。

「……セシル、無事か？」

「ええ、こっちは大丈夫。ユキトは……無茶をしたのね」

「ああ、そうだな……カイ相手だから、このくらいはやらないと勝てなかった……いや、勝ってはいないな。引き分けだ」

ユキトは右腕を見る。手の感覚はほとんどなかったが、ディルはどうにか握っていた。

「おいディル、そっちはどうだ？」

『魔力を閉じているけど、自分でもびっくりするくらい平気』

「そうか……あの一瞬で霊具の成長を果たしたのかもしれないな」

『そうだったら、カイにも対抗できるかな？』

「……次の戦いの時、カイはもっと強くなっているはずだ。俺とディルだけで応じることができるのか」

会話をしていると、ユキト達に近寄ってくる人物、リュシルの姿が視界に入った。

「最後の最後に、魅せてくれたわね」

「リュシルさん……」

「ユキトの言う通り、次の戦いでカイはさらに強くなっているでしょう。でも、あなたもディルも強くなれる。そこに私も手を貸す……勝ちましょう、次は必ず」

「ああ……」

そう言った直後、視界がかすみ強烈な睡魔に襲われる。やがて意識を失う寸前、聞こえたのはセシルの声だった。

「……お疲れ様、ユキト。そして生きていてくれて、本当に良かった――」

＊　＊　＊

セーフハウスで戦いを観察していたザインは、その結末を見て驚愕《きょうがく》し、また同時にどこか納得していた。

「……死闘の中で成長するのは、何も聖剣使いだけじゃないって話だな」

ユキトと戦った経験のあるザインはそう評した。そもそも彼が持っている霊具も、わからないことが多かった。聖剣に対抗できる一品——とまではいかずとも、天神そのものと協力すれば、あるいはという可能性はあった。

「最後の最後で、天神に頼らず圧倒したのは驚愕だが……まあ、カイの野郎も疲労が溜《た》まり全力とは程遠かったのかもしれねえな。勝負ってのはわからねえなあ」

そこで、足音。見れば、白い騎士服を赤く染めたカイが立っていた。

「終わったよ」

「ああ、そっちの敗北でな」

「まさか、ここまで何もできずに終わるとは思っていなかった。まさしく僕の負け……完敗だ」

「怪我《けが》はいいのか？」

「既に治療はしている。服も替えないといけないな……」

「で、どうするんだ？」

と、ザインは問い掛ける。

「こういう状況だから尋ねるが、この戦いに勝利したら俺のことは始末するつもりだったろ？　逃げても追い掛けて、殺そうとしただろ？」

「……まあ、そういう選択肢が有力だったね。とはいえ、今の状況ではさすがに無理だね」

「俺に利用価値はあるってことか？」

ザインは自身の頭をトントンと叩《たた》く。

「来《きた》るべき邪竜との戦いに備えて、技術は得た。だがその前に、黒の勇者を始末しなきゃならない」

「ザインは少なからずユキトと因縁がある。だからこそ、先に彼を倒すべきだと進言するわけか」

「あいつには散々邪魔されたからなあ。どういう形であれ、ちゃんとリベンジはしねえとな」

「……わかったよ。ひとまず手を貸してくれ。もっとも、僕がどうするのかという思惑を読み取っているのなら、拒否するつもりかもしれないけど――」

「あのなあ、俺は逃げてもどうしようもねえんだよ」

肩をすくめながら、ザインは応じる。

「逃げるにしても、あんたの追撃をかわせるくらいの能力は取り戻さないとまずい……そっちは邪竜との思惑があるんだろ？　なら、俺もそれと同じでいいぜ」

「つまり、共闘関係だけど最後の最後は戦いで決着を……ということかい？」

「ああ」

——言葉に、カイは納得した様子だった。

「わかった。ならそれでいこう……さて、僕らも移動をしなければ」

「俺は邪竜の下へは行けねえぞ？」

「そうだね。邪竜にバレない場所に拠点を作成して、動くことにしよう」

「ちなみにだがレーヌはどうした？　あいつは戦ってないだろ？」

「邪竜は今回の戦いで残った信奉者達へ集結する場所を指定した。僕もそこへ向かうことになる……そこに集い、準備が整えば次こそ最後の戦いになるだろう」

「最後？　まさか迷宮内か？」

「フィスデイル王国は防備を固めている。それは無理だよ……まったく、今回の戦いで邪竜に対し優位に立とうとしたけど、その目論見《もくろみ》は潰《つぶ》れたな」

「邪竜の方は今回の戦い、どう考えているんだ？」

「彼にとっては勝負の結末は決まっている。その道筋に少し変更があった、くらいにしか思っていないよ」

　やれやれといった様子でカイは話す。

「それじゃあ、今は逃げることにしよう」

「……もう一つ訊《き》くが、黒の勇者が最後に見せた戦いぶりは想定外だったか？」

「そうだね。ただ、負傷していなければここまで追い詰められることはなかった。ツカサによる魔法攻撃……あれがなければ、勝っていたかもしれない」

──カイの言葉を聞いて、ザインは内心でほくそ笑む。

（こいつは、俺がこの戦争で何をしたのか理解していない）

もしそれが知られたら、斬り捨てられるだろう。だが、ザインはそれを気取られないように、

「なら、今度こそ相手を上回るだけの策を引き出さないとなあ」

「ああ、そうだね」

カイとザインは移動を開始する。平原を後にする際、ザインは最後に一度だけ戦場を眺めた。

「……最後に笑うのは、誰だろうな」

それが自分であるために──ザインは平原に背を向け、カイの後に続いた。

＊　＊　＊

戦争の結末は人類の勝利に終わった。グレンは滅び、他にも信奉者をかなりの数倒すことができた。けれどカイは行方をくらましており、邪竜もまだ健在である以上、戦いは終わっていない。

ユキトが次に目覚めたのは二日後、本陣内にある天幕の中だった。仲間達に囲まれる中で目を開けると歓声に包まれた。

そして戦いの結果について詳細を聞く。まず仲間達は全員無事。ツカサはカイに反撃を食らって負傷したが、それも既に治療が終わっている。

同様に反撃を受けたナディとシェリスの両王女についても、すんでのところで回避したため無事だ。さらにレヴィンとラオドも――主要な面々が生存していたことに対し、ユキトは安堵《あんど》した。

そしてユキトは、改めてカイの野心について仲間達へ語った。

「消された記憶、胸の内にあった大望……それを果たそうとする以上、聖剣を持つカイは最後まで敵だ」

だからこそ、自分が必ず倒す――悲しい表情を見せる仲間もいた。だが悲壮的なユキトの表明に、仲間達は最終的に頷《うなず》いた。

廃城の調査が終わったのはそれからさらに三日後。残存する魔物もいなくなったが――連合軍は、解散しなかった。

「邪竜との戦いのために、ここに軍事拠点を作る」

レヴィンはそう表明し、多数の魔法使いを用いての砦《とりで》建造が始まった。

「次に敵はどう動くのかわからない……最重要の場所はフィスデイル王国になるわけだが、他の国へ攻撃を仕掛ける可能性もある……この場所ならば、どこで敵が出現しようとも対応はできる」

血塗られた歴史のある平原の上に、ということで異例ではあったが、最終的に各国は同意した。それは聖剣使いという人類の希望が寝返ったためか、それとも邪竜という存在の目的を知り、脅威だと感じたためか。

そうした中でユキト達は、一度フィスデイル王国へ戻ることになった。

邪竜がいる迷宮こそもっとも注意しなければならない場所であるため、カイが狙いを定めるかもしれない――だからこそ、来訪者達は舞い戻ることに。

「――次に会う時、今以上に私達も強くなっているから」

平原から立ち去る際、見送りに来たナディはそうユキトへ宣言した。

「今回は後方支援で、最後の最後に不甲斐《ふがい》ない結果に終わったけれど……絶対次は、あなた達と肩を並べてみせる」

――その言葉に触発されたか、続いて宣言したのはシェリス。

「私も、必ず今以上に霊具を高め、貢献できるように頑張ります」

そう語ったシェリスは、横にいるレヴィンへ目を向ける。

「レヴィンもそう思うでしょう？」

「ああ、まったくだ。世界を救ってくれ、などと頼むのは俺としても情けないと思ったさ。だからこそ、次は絶対に最後まで戦い抜く」

「……ありがとう」

三人の言葉を受けユキトは礼を述べる。次いで、見送りに来た最後の一人、ラオドへ目をやった。

「ラオドさん、そちらは――」

「私も最後まで付き合うさ……君の祖父と肩を並べて戦っていた手前、何か運命的なものを感じるな。今後とも、よろしく頼む」

――共に戦った同志と再会の約束を交わし、ユキトはフィスデイル王国へと戻る。そして共に戦地に赴《おもむ》いた仲間達とジーク王へ謁見《えっけん》を行った。カイの顛末《てんまつ》を知ってジーク王は沈《ちん》鬱《うつ》な表情を浮かべ、

「想像を絶する事態だ。けれど勇者ユキト、あなたは――」

「カイを止めるために、戦います」

「それにはリュシル、あなたも手を貸すということで良いんだな？」

「はい」

リュシルが一歩進み出る。竜族ではなく、天神——地上に残る古《いにしえ》の存在は、王へ向け明瞭に返事をした。

「最後の天神である私が、邪竜との戦いを見届け、勝利するために尽力を」

「わかった……とはいえ、グレンがいなくなった以上、国の立て直しも必要だ。当面は邪竜との戦いに加わると共に、政務にも携わってもらう……構わないか？」

「お任せください」

——フィスデイル王国も混乱が続くだろう。そうユキトは感じつつ謁見《えっけん》を終えて部屋へと戻った。

「ディル、外に出ていていいぞ」

「わかった」

相棒はユキトの言葉にあっさりと部屋を出る。足音が遠ざかるのを聞きつつ、ユキトは窓の外を眺める。

眼下《がんか》に広がる町並み。以前はカイと共に守った場所。けれど今は——

ふいに、ノックの音が聞こえた。ユキトが応じると、扉が開きセシルが姿を現した。

「ごめんなさい、少し話がしたくて」

「……丁度良かった。俺の方も、話がしたかったんだ」

扉が閉まる。そこでセシルが先んじて口を開く。

「勇者カイの居所が見つかるまで、当面は王都にいてもらうことになると思うわ」

「そうだな……レヴィン王子達の近況なんかを聞きつつ、臨機応変に立ち回れるようにしたいな」

「そうね……問題は、カイのやっていたことをどう穴埋めするか」

「国と折衝役とかもしていたからな。ただ、それはここへ戻ってくるまでに話し合ったよ。オウキやツカサがやると言っていた」

「彼らが……」

「俺の方はカイとの戦いに集中してくれってさ。カイを倒せるのは、俺しかいないから」

「……ユキト」

大丈夫なのか、という問い掛けをしたい様子だった。けれど口に出しはせず、

「わかったわ。リュシル様の都合もあるだろうけれど……」

「次の戦いまでに『神降ろし』については完璧にしておかないといけない。今度は最後まで……決着がつくまで、戦い抜けるように」

その言葉の後、ユキトは一度大きく息を吐いて、セシルへ言った。

「俺、一つ考えていることがある」

「カイについて？」

「ああ。この選択は、正解とは呼べないかもしれない……でもリュシルさんは可能だと言

った。だからこそ、俺は……」

「決着をつけるのは、ユキトよ」

そこでセシルは、言い聞かせるように口を開いた。

「だからこそ、あなたが選んで」

「……そうだな。ありがとうセシル」

「私は何もしていないわ」

自嘲的な笑み。今回、役に立てただろうか——そんな風に問い掛けているように見えた時、とうとうユキトは何かに後押しされるように口を開いた。

「……セシル」

「ええ、どうしたの？」

「正直、俺は答えがまだ出せていない」

その言葉にセシルは眉をひそめる。

「戦いが終わったら、この世界に留《とど》まるのか、帰るのか」

「そう……でも、まだ迷っている人は多い。それは戦いが終わってから考えても遅くはないと思うわ」

「うん、わかってる……でも、今言わないと後悔するから、言うよ」

「……ユキト？」

後悔だけはするなよ——仲間だったタクマの声が、頭の中に響いた。

「俺、セシルのことが好きだ」

その告白に、セシルは虚を衝《つ》かれたように沈黙した。

「戦争の最終局面、カイは俺ではなく向かってくるセシル達へ狙いを定めようとした。その時、セシルを失いたくないって思って、必死に抗《あらが》った……心のどこかでそういう感情はあった。でも、自分は帰るかもしれない……戦いが終わった後どうするのか迷っていたから、その感情もまとめて封じていた。でも」

ユキトは、セシルと視線を合わせた。

「言わなければ、いけないと思った……それは俺の勝手なエゴかもしれない。でも、何も伝えないままでいるのは後悔すると思って——」

——彼女の故郷で見せた時と同じように、セシルの瞳から涙が伝った。それでユキトは口が止まり、セシルは黙って涙を拭《ぬぐ》う。

「……私も」

ほんの少しだけ沈黙を置いてから、セシルは告げる。

「私も、ユキトのことが好きよ……だからこそ、パートナーとして共に、戦って守りたいと思った」

「セシル……」

「もしかしたら、気付いていたかもしれないけれど」

「……ごめん、その、決闘の時に」

「そっか……いいの、こうして両思いになれたのだし」

セシルは穏やかで、柔らかな笑みを見せた。それを見てユキトも笑いさらに彼女を守ろうという決意が固まったのを自覚する。

「……セシル。カイとの、邪竜との戦いは今まで以上に苛烈《かれつ》なものになる。敵はさらなる入念な準備をして次こそ、決めに来るかもしれない」

「ええ」

「それでも、一緒にいてくれるか？」

「ユキトが望むなら……私も、あなたを守るために、支え続けるから」

──二人は近づいて、抱き合った。ユキトは一つの決意を抱く。

必ず、この戦いに勝つ。彼女と共に戦い抜き、絶対に自分が望む形にしてみせると──


〈『黒白《こくびゃく》の勇者 4』完〉

ヒーロー文庫

黒白《こくびゃく》の勇者《ゆうしゃ》 4

陽山純樹《ひやまじゅんき》

2022年10月10日 第1刷発行

発行者 前田起也

発行所 株式会社 主婦の友インフォス
〒101-0052 東京都千代田区神田小川町3-3
電話／03-6273-7850（編集）

発売元 株式会社 主婦の友社
〒141-0021
東京都品川区上大崎3-1-1 目黒セントラルスクエア
電話／03-5280-7551（販売）

印刷所 大日本印刷株式会社

ISBN 978-4-07-453279-7